KB075934

소농의 공부

소농의 공부

소설가 농부가 텃밭에서 배운
작고 서툰 손의 힘

조두진 지음

작물은 농부의 발소리를 들으며 자란다

친구의 도시락에 든 달걀 프라이를 표적으로 삼던 시절이 있었다. 점심시간을 앞두고 체육시간이라도 있는 날에는 교실을 지키는 당번 아이가 어김없이 친구들이 싸온 달걀 프라이를 거덜냈다. 심지어 쉬는 시간에 친구가 잠시 자리를 비운 틈을 타 달걀 프라이를 훔쳐 먹는 경우도 있었다.

그처럼 귀하던 달걀이 언제부터인가 흔해졌다. 닭을 좁은 공간에 가두어(밀식密植) 대량사육하면서부터다. 밀식 대량사육이 가능해진 데에는 살충제와 항생제의 힘이 컸다. 달걀이 흔해지자 달걀 프라이를 훔쳐 먹는 아이가 없어졌고, 달걀 프라이를 빼앗겨 분개하는 일도 없어졌다. 그러니 살충제와 항생제, 산란계 밀식 대량사육은 우리 삶의 질을 개선해 준 '마법'이라고 할 만하다.

예전에는 '작물은 농부의 발소리를 들으며 자란다'고 했다. 농부가 자주 밭에 들러 보살피는 만큼 작물이 잘 자란다는 말이다. 그런데 요즘 농부들은 작물에 발소리를 들려주는 대신 농약을 뿌린다. 넓은 면적에 대량으로 재배하려니 작물을 일일이 보살피기 어렵고, 일일이 손길을 주는 대신 농약이라는 '마법'을 펼치는 것이다. 믿지 않고 싶겠지만 단위면적당 농토만큼 오염이 심한 땅도 드물다. 웬만한 공장의 대지보다 채소가 싱그럽게 자라는 농토의 오염도가 훨씬 높다.

농축산물 같은 먹을거리 생산에서만 마법이 펼쳐지는 것은 아니다. 거의 모든 분야에서 마법은 우리 삶을 획기적으로 개선했다. 우리가 저렴한 값으로 배고픔과 추위에서 벗어날 수 있는 것, 두 다리를 치타처럼 만들지 않고도 치타보다 더 빨리 달릴 수 있게 된 것, 북극곰처럼 털북숭이로 진화하지 않고도 추위를 견딜 수 있는 것, 겨울에도 얼마든지 신선한 여름 과일을 먹을 수 있는 것, 내게 나사 하나 만들 기술이나 재료가 없는데도 멋진 자동차를 탈 수 있는 것 모두 인류가 개발한 '마법' 덕분이다.

그런데 이 고마운 마법이 우리를 불편하게 한다. 어떤 분야에서는 우리를 불행하게 만들기도 한다. 예전에는 살충제 달걀이, 밀식 사육방식이 아무렇지도 않았는데, 이제는 싫다는 사람이 많아진 것이 한 예다. 우리도 모르는 사이에 우리가 어떤 인식의 전환점에 다다른 것이다.

그럼에도 아직 행동이나 생활방식의 변화는 잘 보이지 않는다. 기껏해야 달걀을 외면할 뿐이다. 앞으로도 쭉 달걀을 먹지 않고 살 작정이라면 달걀을 외면하는 것으로 족하다. 그게 아니라면 다른 방식으로 눈을 돌려야 하지 않을까?

우리가 대량생산과 양적 축적에 몰두해 온 것은 궁극적으로 삶의 질적 변화를 위해서였다. 양적으로 상당한 축적을 이루었는데도 질적 변화로 이어지지 않는 것은 무엇 때문일까. 우리가 양적 팽창이라는 관성에 휘말려 목표를 잃어버린 것은 아닐까?

이 책은 '마법'이 워낙 마음에 들고 편리하기에 일부러 애를 써서 외면하는 사람들, 효율과 편리에서 한 발짝 물러나 다소간의 불편을 생활로 끌어들인 사람들의 이야기다.

2017년 가을
조두진

텃밭은 자연과 사람, 하늘과 땅이 교감하는 곳

나는 산골 마을에서 자랐다.

당시 우리 마을에는 요즘처럼 축산을 전문으로 하는 집은 없었다. 집집마다 돼지 한두 마리, 소 한두 마리, 닭 대여섯 마리를 키웠다. 채소도 마찬가지였다. 한두 가지 작물을 대량으로 생산하는 요즘 농부들과 달리, 우리 마을 사람들은 각 가정에서 필요한 거의 모든 채소를 재배했다.

마을의 어떤 집에서 잔치나 제사를 위해 돼지나 소를 잡으면 온 동네 사람이 나누어 먹었다. 그래서 당시 우리는 돼지고기를 먹고 싶은 날 먹는 것이 아니라, 누군가의 집에서 돼지를 잡는 날 먹었다.

겨울에도 여름 과일을 먹을 수 있는 요즘과 달리 내 어린 시절 우리 동네 사람들은 봄 채소는 봄에, 여름 과일은 여름에 먹었다. 필요에 따라 공급하고 소비하는 방식이 아니라, 공급에 따라 소비했으니 수동적이기는 했다. 하지만 생활은 느긋하고 삶의 방식은 자연에 가까웠다.

돼지고기 국이 저녁 밥상에 올라오는 날이면, 나는 누구네 돼지가 오늘 삶을 마감했는지 알았다. 동네 사람들이 무슨 일로 돼지를 잡았으며, 돼지를 잡는 데 동네의 어떤 아저씨들이 수고했는지도 알았다. 뿐만 아니라 어머니가 그 집에 가서 돼지고기의 어떤 부위를 얼마나 얻어 왔으며, 그 대가로 무엇을 주었는지, 아니면 지난번에 그 집에 무엇을 준 덕분에 이번에는 그냥 받아 왔는지도 알았다.

고등학교 1학년인 내 아들(2017년 현재)은 내가 고등학교 1학년이 될 때까지 먹은 돼지고기 양보다 100배는 더 먹었을 것이다. 그만큼 돼지고기가 흔해졌기 때문이기도 하고, 내 아들이 고기를 좋아하기 때문이기도 하다. (나는 그다지 육류를 좋아하지 않는 편이어서, 어린 시절에도 어른이 된 지금도 고기를 자주 먹지 않는다.)

내 아들은 나보다 100배 이상 돼지고기를 먹었지만, 나만큼 돼지고기에 대해 많은 생각을 할 기회는 없었다.

저녁 식탁에 오른 돼지고기를 보면서 나는 한 생명의 탄생과 죽음, 여러 사람의 수고와 아침저녁으로 돼지죽을 나르던 소년의 얼굴을 떠올렸지만, 내 아들은 그런 상념에 빠지지 않았다. 내 아들에게 돼지고기는 마트에서 엄마가 돈을 지불하고 구입한 상품일 뿐이다. 거기에 생명, 수고, 추억, 미안함과 고마움이 들어설 여지는 없다. 내 아이와 식탁에 오른 돼지고기는 식탁에서 만나기 전까지 어떤 관계도 없었기 때문이다.

인류의 문명 발달사는 사람과 자연, 사람과 동물 사이에 매개물질을 넣는 과정이자 비교 우위를 바탕으로 분업화, 전문화, 세분화해 온 과정이라고 할 수 있다. 맨몸으로 자연에 맞서는 대신 도구를 개발하고, 각 개인이 자연 전체에 맞서는 대신 아주 작은 부분과만 맞서는 방식으로 발달해 온 것이다.

두 다리로 빠르게 달리도록 진화하는 대신 바퀴와 도로를 발명한 것, 추위를 견디기 위해 북극곰처럼 두꺼운 털을 발달시키는 대신 기능성 의복을 만들어 낸 것도 그에 해당한다. 현미경과 망원경은 눈을, 청진기와 음파 탐지기는 청력을, 전자계산기와 컴퓨터는 복잡한 계산을 대신한다.

그러는 한편 한 개인이 자연 전체와 맞서는 대신 비교 우위를 바탕으로 특정한 부분, 특정한 영역과 맞서는 쪽으로 발달했다. 한 사람이 서툴지만 여러 분야의 일을 두루 맡아 감당하는 대신 특정 분야의 일을 하고, 그렇게 해서 효율

적으로 벌어들인 재화를 지불해 다른 이가 생산한 재화를
얻는 것이다.

자연과 사람 사이에 중간물질을 넣고, 전문화·세분화
한 덕분에 생산성은 엄청나게 높아졌고, 자신이 생산에 직
접 관여하지 않고도 식량이나 물건을 소유할 수 있게 됐다.
화폐를 지불하기만 하면, 자동차 제조공정에 직접 참여하지
않고도 얼마든지 자동차를 가질 수 있게 된 것이다. 그 모든
과정이 정교해지고 고도화되면서 사람들은 자신의 전문영
역 외에는 쳐다볼 기회가 없어졌다. 생산의 거의 모든 과정
은 감추어지고 멀어졌고, 대다수 사람에게 타인의 일은 무無
가 됐다.

나는 내 아들이 돼지고기를 먹을 때마다 생명에 대해,
타인의 수고에 대해, 안타까움과 고마움에 대해 깊은 상념
에 잠겨야 한다고 생각하지는 않는다. 아무런 감흥 없이 돼
지고기를 먹고 자동차를 타는 것이 죄악이라고 말하려는 것
도 아니다.

내 아들이 저녁 밥상에 오른 돼지갈비찜을 먹으면서 죽
은 돼지를 떠올려야 하고, 볼펜 하나를 쓰면서 그 볼펜을 만
든 사람의 수고를 알아야 하고, 자전거를 타면서 노동에 찌
든 자전거 공장 노동자의 피로한 얼굴을 떠올려야 한다고
주장하려는 것이 아니다.

인류는 가난과 배고픔, 추위와 위험에서 벗어나기 위해 많은 노력을 해 왔고, 그 과정에서 불가피하게 전문화와 세분화를 바탕으로 대량생산, 대량소비라는 시스템을 구축했다.

이 시스템은 장점이 많다. 많이 생산되어야 값싸게 구입할 수 있고, 값이 싸야 너나없이 쉽게 구할 수 있다. 저렴한 값에 자동차를 대량생산한 덕분에 평범한 월급쟁이도 자가용 승용차를 소유할 수 있게 된 것처럼 말이다. 그러나 풍요와 편리를 확보한 대가로 공감, 타인에 대한 배려와 이해, 감사함과 미안함 같은 정서를 잃어버렸다. 이는 공동체 붕괴, 인간 존엄에 대한 도외시로 이어졌다.

거의 매년 반복되는 조류독감과 가금류 살처분 사태, 구제역과 최근 논란이 된 살충제 달걀과 항생제 달걀 문제는 우리가 추구해 온 대량생산과 대량소비의 어두운 면이다. '대량생산·대량소비' 방식에서 당장 벗어나자는 말이 아니다. 살충제와 항생제에 대한 기피심은 생활 속에서 생산 방식에 일정한 변화를 추구할 때가 됐음을 의미한다.

'농사가 잘됐다'는 말이 텃밭농부와 전업농부에게 다른 의미로 쓰일 때가 많다. 텃밭농부에게 농사가 잘됐다는 말은 말 그대로 하늘과 땅, 비와 바람, 작물과 사람이 서로 도운 결과 작물이 잘 자랐음을 의미한다.

전업농부에게 농사가 잘됐다는 말은 '농사를 지어 이윤을 남겼다'는 말인 경우가 많다. 자연과 사람이 도와 농사를 잘 지었지만, 그해 다른 사람들도 같은 작물을 잘 지어 채소 값이 폭락한다면 전업농부는 농사가 잘됐다는 표현을 쓰지 않을 것이다. 텃밭농부가 자연과 사람, 하늘과 땅의 교감과 협동에 방점을 찍는다면, 전업농부는 이윤에 방점을 찍기 때문이다. 그래서 텃밭농부는 농사 자체로 만족과 행복을 얻지만, 전업농부는 이윤을 창출하지 못할 경우 자신의 노동을 무의미하다고 여길 수도 있다.

비단 농사뿐만 아니다. 모든 생산현장에서 엇비슷한 현상이 발생한다. 노동이 그 자체로 목적인 동시에 수단이던 시절이 있었지만, 현대 자본주의 생산방식에서 노동은 오직 돈을 벌기 위한 수단일 뿐이다.

목적이 다른 만큼 텃밭농부와 전업농부는 농사를 짓는 방법도 다르다. 텃밭농부가 작은 크기의 텃밭에서 여러 종류의 야채를 조금씩 재배한다면, 전업농부는 넓은 밭에 단일 품종의 야채를 대량으로 재배한다.

채소마다 생태가 다르다. 재배에 필요한 비료 성분과 양, 필요한 시기, 병해충의 종류와 영향, 가뭄과 장마에 견디는 힘도 다르다. 따라서 한 가지 작물을 재배할 때는 한꺼번에 관리하기가 가능하지만, 여러 가지 작물을 재배할 때는 일일이 따로 관리해야 한다.

시금치만 재배할 경우 시금치에 맞는 종류의 비료와 시비량을 생각하면 그만이지만, 같은 크기의 밭이라도 시금치, 파, 고구마, 감자, 근대, 고추, 옥수수, 참깨, 들깨, 야콘을 함께 재배할 경우 농부가 감당해야 할 일, 생각해야 할 것들은 훨씬 많고 복잡해진다. 전업농부가 단일 품종의 야채를 대량으로 재배하는 까닭은 노동과 비용을 최대한 적게 투입하면서 가능한 한 많이 생산하는 데 유리하기 때문이다.

작물을 재배하는 태도에서도 차이가 있다. 전업농부는 농촌진흥원이나 각 지자체의 농촌지도소, 농업기술원 혹은 특수작물 지도반이 제시하는 재배 일정에 따라 표준화된 매뉴얼에 맞춰 농사를 짓는다. 전문가들이 연구한 결과를 바탕으로 제공한 지침에 따라 파종하고, 비료와 농약을 투입하고, 관리하고 수확하는 것이다. 농부 스스로 능동적으로 판단하거나 고민할 부분은 없거나 매우 제한적이다. 능동적 사고와 판단보다는 제공된 매뉴얼과 지침에 얼마나 충실한가가 성공의 관건이다.

이에 반해 텃밭농부는 책으로 공부하고, 이웃 텃밭농부에게 묻고, 자신의 경험을 바탕으로 스스로 관리방법을 찾는다. 최대한 상상력을 동원하는 것이다. 따라서 전업농부의 노동이 매뉴얼에 부합하는 수동적 노동에 가깝다면, 텃밭농부의 노동은 스스로 길을 찾는 능동적 노동에 가깝다. 그래서 같은 양의 노동을 하고도 전업농부는 쉬이 피로를 느끼지만 텃밭농부는 오히려 원기를 얻는다.

공장에서도 마찬가지다. 가능한 한 적은 투자로 큰 성과를 얻기 위해 현대 자본주의는 '컨베이어 벨트 생산 시스템'을 도입했다. 그리고 이 시스템이 작동할 수 있도록 모든 생산과정을 표준화, 전문화, 세분화했다. 근로자들은 정해진 매뉴얼에 충실히 따르면 그만이다. 거기에 자신의 판단이나 상상력이 설 자리는 거의 없다. 그렇게 인간의 노동은 수동적이고, 상상력이 들어설 여지가 없는, 그야말로 사람의 진을 빼는 노동으로 전락했다.

수익과 효율을 목표로 전문적으로 생산활동을 한다는 점에서 전업농부의 생산방식은 '대규모 머니 자본주의'의 생산방식과 일치한다. 또한 이때 생산자와 소비자는 별개다. 분야별로 생산자와 소비자가 확연히 구분되며, 개인은 오직 특정 물품 생산에만 힘을 기울이고, 삶에 필요한 다른 물품은 화폐를 지불하고 구입한다.

텃밭농부는 생산자인 동시에 소비자다. 자신이 기른 것을 자신과 이웃이 소비한다. 이웃들과 야채를 나눌 때도 중간 상인이나 화폐를 매개로 하지 않고 대면face-to-face으로 전달한다. 소비방식에서는 판매가 아니라 나눔을 추구하고, 생산방식에서는 노동집약을 통한 효율이 아니라 즐거움을 추구한다.

마당의 생활양식, 텃밭의 생산방식에서 얻는 여러 가지 정서적·물리적 이익을 나는 '작고 서툰 손이 가져오는 선물'이라고 생각한다. 작고 서툰 손은 기본적으로 소규모 생산, 소규모 소비에 관한 이야기며, 전문화가 아닌 다기능에 관한 이야기, 단일 품종 대량생산 방식이 아니라 다품종 소량생산에 관한 이야기다.

교환방식에서는 화폐를 통한 간접거래가 아니라 직접거래, 대면거래라고 할 수 있다. 대량생산과 대량소비를 바탕으로 하는 현행 머니 자본주의에 대한 작은 저항의 의미를 담고 있다.

'작고 서툰 손의 생산방식'을 생활에 도입하면 액면가치 평가에서는 잡히지 않는 가치항목, 곧 고마움, 미안함, 유대감, 낭만, 배려 같은 인간적 정서를 확보할 수 있다. 다시 말해 돈을 목표로 행하지 않는 일, 돈을 매개로 하지 않는 작동방식을 통해 지금까지와 다른 생활을 우리 곁으로 조금 당겨올 수 있다는 것이다.

작고 서툰 생산과 소비 방식이 현재의 대규모 머니 자

본주의에 대한 대안이라고 생각하지는 않는다. 오히려 현행 대규모 자본주의의 틈을 메우는 서브 자본주의 정도라고 보는 것이 적합하다. 큰 바퀴로 굴러가는 현행 자본주의의 뒤에 붙어 균형을 잡아 주는 작은 바퀴 정도라고 할 수 있다.

자본주의가 양적 확대를 추구한다면 작고 서툰 손은 생산과 소비 과정의 질적 향상을 꾀한다. 머니 자본주의 체계에서 생산이란 돈을 벌기 위한 과정이고, 여가는 돈을 소비하는 과정인 경우가 많다. 그러나 작고 서툰 생산과 소비에서 생산과 소비는 돈이라는 매개체의 역할이 없거나 극히 제한된다.

작고 서툰 손의 생산방식과 자본주의 생산방식은 대척점에 있다. 용어로서 '작고 서툰 손'과 '자본주의'는 논리적으로 모순이라고 할 수도 있다. 그럼에도 둘 모두 사람살이의 행복을 추구한다는 점에서 공통점이 있다. 상호보완적이라는 것이다. 한국 사회는 지금까지 '자본주의라는 날카로운 창'을 들고 쉬지 않고 달려 왔다. 이제 작고 서툰 손이라는 '믿음직한 방패'를 함께 들 때가 됐다.

도시인,
농사의 행복한
가치를 만나다

1

공장이 돼 버린 농토

한국의 많은 농가에서는 자연의 간섭을 덜 받고, 단위 면적당 소득을 극대화하기 위해 많은 설비를 설치한다. 가장 흔한 것이 비닐하우스고, 그 외에도 수경재배, 비닐멀칭, 부직포재배 등이 있다. 또 병충해 방지와 영양 공급을 위해 살균제, 살충제, 제초제, 화학비료 등을 거의 무제한 사용한다.

이처럼 시설을 갖추거나 농약을 투입함으로써 채소를 연중 재배할 수 있고, 생산량을 크게 늘릴 수 있다. 신선한 여름 채소를 겨울에도 먹을 수 있는 것은 시설재배 덕분이다. 시설재배로 생산하는 농산물에는 상추나 시금치, 배추, 부추, 깻잎 같은 잎채소뿐만 아니라 토마토, 수박, 참외, 오이, 고추, 피망, 가지 등 다양한 열매 채소류가 있다.

그러나 계절에 맞지 않는 채소를 대량으로 생산하는 것, 계절에 맞지 않는 채소를 즐겨 먹는 것은 제철에 채소를 재배하고 소비하는 것보다 필연적으로 토양과 공기, 물을 훨씬 더 많이 오염시킨다. 물론 비용도 더 많이 투입된다. 계절에 맞지 않는 농작물을 재배하기 위해 인위적으로 재배지의 온도를 높이거나 재배시기를 조절해야 하기 때문이다.

토마토를 예로 들어 보자. 토마토는 높은 온도를 좋아하는 작물로 생육에 가장 적합한 온도는 25-30도다. 꽃눈의 분화는 최저온도가 12-13도이므로 최소한 그보다 높은 온도를 유지해야 한다. 농가에서는 이런 점을 고려해 자신이 목표한 출하시점에 맞춰 촉성재배, 반촉성재배, 조숙재배, 보통재배, 억제재배 등 다양한 재배방식을 이용한다.

촉성재배促成栽培(forcing culture)란 작물의 수확시기를 앞당기기 위한 재배방식으로 출하시기를 앞당겨 경제성을 높일 수 있다. 일반적으로 노지에서 계절에 맞게 토마토를 재배할 경우 5월 상중순경 모종을 밭에 정식해 6월 말이나 7월 초부터 열매를 수확한다. 토마토를 촉성재배할 경우 8월 중순부터 9월 사이에 파종해 겨울에 토마토를 재배하고 3월에 출하하는 방법을 말한다. 토마토의 생육적온은 일반적으로 25-30도지만 5도에서도 견디는 힘이 있다. 이 점을 이용한 재배방식인 셈이다.

2012년 농촌진흥청이 조사, 발표한 자료에 따르면 1,000제곱미터(약 303평) 밭에 토마토를 촉성재배할 경우 종묘, 종자비, 유기질·무기질 비료 값은 노지 제철재배와 별 차이가 나지 않는다. 인건비도 마찬가지다. 그러나 저온기 재배를 위한 영농시설 상각비 98만 1,000원, 시설수리비 15만 9,000원, 광열동력비 381만 원이 투입되는 것으로 나타났다(1,000제곱미터 밭에 연 1회 재배 기준). 기타 재료비, 소농구비, 대농구 상각비, 토지임차비, 자가노동비(386시간, 339만 원), 농약비 12만 4,000원, 고용노동비 120만 9,000원, 기타 요금 등이 따로 투입된다.

이렇게 해서 1,000제곱미터 시설경지에 토마토를 촉성재배할 경우 투입되는 총 비용은 1,193만 9,000원이고, 농부가 얻는 연간 소득은 974만 원이다. 단순히 계산하면 소비자는 농부가 투입한 총비용(1,193만 9,000원)에 소득(974만 원)을 더한 2,167만 9,000원어치의 토마토를 소비했고, 이를 위해 2,167만 9,000원을 지출했다고 볼 수 있다. 그러나 이중 광열동력비, 저온기 재배를 위한 영농시설 상각비, 시설수리비 등은 환경오염원을 생산하고 소비하는 데 든 비용이다. 노지에서 제철에 재배했을 때는 필요하지 않은 비용이다.

게다가 이 비용은 이런 시설자재를 생산하는 데 들어간

비용일 뿐이다. 각종 비닐과 자재를 사용한 뒤 버리는 과정에서 발생하는 2차 오염과 하우스 내 온도를 높이는 데 사용하는 열에너지가 소멸하는 과정에서 발생하는 환경오염 비용은 포함되지 않았다. 이 2차 오염 비용은 농부도 소비자도 지불하지 않지만 결국 공기·물·토양 오염이라는 대가로 돌아온다. 당장 내 주머니에서 비용을 지불하지는 않지만 결국 인류 모두가 감당해야 할 비용이고, 자연을 훼손하고 건강을 해치게 된다.

시설을 설치하지 않고 제철에 재배하더라도 대량으로 생산하려면 환경오염은 불가피하다. 다수확을 위해 개량한 종자와 다량의 비료를 사용하고, 밀식재배에 따른 병해충 방지를 위해 살충제, 살균제를 대량 살포하고, 풀을 방지하기 위해 제초제를 살포하는 동안 토양은 황폐해질 수밖에 없다. 제초제 대신 비닐멀칭이나 부직포멀칭을 한다고 해도 마찬가지다. 멀칭용 비닐과 부직포를 생산하고 폐기하는 과정에서 막대한 오염이 발생하기 때문이다.

농약과 비료를 많이 쓸수록 토양이 많이 오염되고, 농약과 비료에 많이 의지하는 만큼 식물체는 허약해지고, 그래서 더욱더 많은 농약과 비료를 투입해야 한다. 그렇게 재배한 식물을 많이 섭취할수록 인체 역시 허약해져 각종 성인병과 아토피 같은 질병으로 병원 진료를 자주 받아야 한다. 대량생산과 대량소비를 통한 이윤 획득, 많이 먹고 많이 쓰려는 소비 형태를 지속하는 이상 환경은 오염되고 건강은 나빠질 수밖에 없다.

비용이 들기는 하지만 토마토를 촉성재배하는 데 필요한 온도는 물론 인위적으로 보충할 수 있다. 그러나 토마토는 광선요구량이 많은 작물이다. 이상적인 재배조건은 7만 룩스 광조건이 갖춰진 곳이다. 그러나 비닐하우스는 광선투과량이 떨어진다. 비닐 사용시간이 지날수록 광선투과량은 더욱 떨어지므로 토마토 생육에 필요한 광선을 확보하지 못하게 된다. 그래서 이렇게 재배한 토마토는 맛이 없다.

광선이 적은 만큼 농부들은 품종 선택이나 온도 조정, 관수灌水, 건묘육성健苗育成 등 갖가지 방법을 동원해 광선 부족으로 발생하는 문제를 보완하려고 애쓴다. 여기에도 또한 비용이 들어가기 마련이다. 그렇게 비용을 투여해도 한여름 제철 토마토 맛에 비할 수는 없다. 맛이 다르다는 것은 그 안에 포함된 영양소가 다르다는 말이다. 겨울철에 비닐하우스에서 토마토를 재배한다는 것은 그만큼 부적절하다.

텃밭농부들이 각각 33제곱미터(10평) 안팎의 텃밭을 가꾸면서 각자 3.3제곱미터(1평) 정도 면적을 할애해 제철 토마토를 재배한다면 농약을 쓸 필요도 없고, 따로 인건비를 투입하지 않아도 된다. 특별한 시설을 설치하지 않아도 되니 환경도 지키고 토마토 고유의 맛도 지킬 수 있다. 대량생산의 범위를 줄이고 작고 서툰 생산(텃밭)의 영역을 확대하면, 그만큼 환경과 건강을 지킬 수 있고 채소 고유의 맛도 즐길 수 있다. 대량생산과 대량소비 방식을 주축으로 하되 텃밭의 재배방식, 곧 소규모 직접 재배방식을 조금씩 늘리기만 해도 그만큼 이롭다는 말이다.

제철 재배가 곧 친환경

` ` ` ` ` ` ` ` ` `

토마토의 생육에 적당한 온도는 낮에는 25-30도, 밤에는 15-17도다. 5도에도 포기는 견딜 수 있으나 12도 이하가 되면 꽃눈의 분화가 중단되는 등 생육에 큰 지장을 받는다. 따라서 여름이 아닌 계절에 토마토를 재배하려는 농부는 비닐하우스를 설치하거나, 비닐하우스 안에 가온설비 등을 갖추고 재배한다. 밤에도 최소한 12도는 돼야 하기 때문에 가온설비를 갖추지 않으면 생산하기 어렵고, 그만큼 비용이 많이 들어가고, 토마토 판매가격 역시 올라갈 수밖에 없다. 이는 토마토뿐만 아니라 모든 채소에 마찬가지로 적용된다.

한 예로 2015년 여름 대구의 한 백화점에서 판매하던 고추는 10개 한 묶음에 900-1,000원이었다. 그러나

2016년 2월 초에는 10개 묶음 고추가 3,000원이었다. 마침 그 무렵 며칠간 기온이 유난히 내려가 더 비싸게 팔린 측면도 있다. 그러나 값이 하락해도 겨울에 고추 10개 한 묶음 값이 2,000원 이하로 내려가는 경우는 드물다.

김장배추 역시 제철 재배 수확기인 11월 말이나 12월 초에는 일반적으로 한 포기에 1,000원 안팎에 판매되지만 2월에는 한 포기에 4,000원 정도에 판매된다. 2016년 3월 중순경 대구의 한 마트에서 판매하던 배추는 2포기에 1만 4,800원이었다. 부추 역시 2015년 여름에는 500그램 한 단 가격이 2,000원이 조금 넘었지만, 2016년 2월에는 6,000원에 판매됐다. 제철에 비해 적게는 2배에서 많게는 7배 이상 값이 오르는 것이다.

생산량이 많은 제철의 채소 가격과 자연 상태에서는 생산이 불가능한 겨울철 채소 가격의 차액은 누군가의 이익으로 축적되지 않는다. 이 차액은 생산한 농부가 추가로 확보하는 수익이 아니라 허공으로 사라져 버리는 자본이다. 비계절성 재배를 위해 각종 설비를 갖추고 난방장치를 가동하는 데 비용이 들었기 때문이다(2012년 농촌진흥청 조사 자료 참조).

이렇게 사라져 버리는 자본은 단순한 소멸이 아니다. 오히려 그 액수만큼 환경을 해쳤다고 할 수 있다. 가온설비를 가동하는 동안 이산화탄소, 일산화탄소 등 다양한 환경

오염 요소를 배출하기 때문이다.

물론 겨울에 여름 과일이나 채소를 먹을 수 있다는 효과는 있다. 그러나 소비자가 겨울철에 신선한 여름 채소를 먹을 수 있다는 것이 이 '사라져 버린 비용'과 '비용 크기만큼 환경을 훼손한 결과'를 상쇄하고도 남을까?

많이 생산될 때 많이 먹고, 적게 생산될 때 적게 먹으면 그만큼 생산비용이 줄어든다. 생산비용이 줄어든다는 것은 재화와 에너지를 아꼈다는 말인 동시에 환경을 덜 오염시켰다는 말이다.

시설수경재배 등으로 환경오염을 예방한다는 말 역시 정확한 말이 아니다. 비록 그 생산농가에서는 농약을 쓰지 않았다고 하지만, 그 복잡하고 비용이 많이 드는 시설을 생산하는 과정에서 이미 많이 환경을 오염시켰다. 다만 그 오염물질을 현재 생산농가의 농장이 아닌 다른 공장에서 배출했을 뿐이다.

사람은 겨울에 수박이나 딸기를 먹지 않아도 탈이 나지 않는다. 그런데도 우리는 겨울에도 여름철 과일을 먹기 위해 수많은 오염원을 가동하고, 이를 비용으로 지불한다. 대부분의 소비자는 제철이 아닌 과일을 먹기 위해 더 많은 비용을 지불했다고만 생각하지, 환경을 더 오염시켰다는 사실은 깨닫지 못한다.

여름과 가을에 채소를 수확해 저장하는 경우도 환경오염 비용은 발생한다. 적절한 온도, 습도, 통풍을 위한 비용이 발생하기 때문이다. 게다가 이렇게 저장한 채소는 품질이 현저히 떨어진다. 옛날 우리나라 농부들처럼 작물 제 속도에 맞춰 키우는 것이 아니라, 비료와 물을 듬뿍 뿌려 빨리 크게 키웠기 때문에 그만큼 빨리 물러지는 것이다. 채소 값이 저렴한 제철에 많은 양을 구입해 집에서 냉장보관해도 마찬가지다. 냉장고 가동비용이 들 뿐만 아니라, 빨리 크게 키운 채소는 저장성이 나빠 기대만큼 오래 저장할 수도 없다.

텃밭에서 느리게 기른 채소는 별다른 냉장시설을 가동하지 않고 겨울철 아파트 발코니에 보관해도 이듬해 2-3월까지는 무난하게 먹을 수 있다. 화학비료를 쓰지 않고 재배한 채소는 비료를 듬뿍 뿌린 채소보다 단단하고, 저장성도 훨씬 높다. 다만 생산량이 적고, 크기가 다소 작을 뿐이다.

이윤을 목표로 하는 전업농부라면 생산량이 감소하는 것을 받아들이기 힘들다. 그러나 이윤이 아니라 자기 가족과 이웃이 나눠 먹을 채소를 가꾸는 텃밭농부는 입장이 다르다. 소규모 제철 텃밭재배가 이중, 삼중으로 장점을 발휘하는 것이다.

러시아의 니콜라이 1세는 "러시아에는 믿을 만한 장수가 둘 있다. 하나는 1월 장군이고, 다른 하나는 2월 장군이다"라는 말을 남겼다. 러시아의 추운 날씨가 강력한 외적을 물리친다는 말이다.

15세기 러시아가 성립한 이래 많은 국가가 러시아를 침공했지만 모두 실패했다. 1700년대 초 전성기를 누린 스웨덴도, 프랑스를 세계 제국으로 만든 나폴레옹의 군대도, 나치 독일의 강력한 전차부대도 모두 실패했다. 추위 때문이었다.

러시아를 침공한 나라들은 당시 전성기였다. 그러나 러시아의 추위 때문에 패한 뒤 모두 멸망의 길을 걸었다. 스웨덴의 칼 12세는 러시아 원정에 실패한 뒤 전사했고, 스웨덴 전성기도 막을 내렸다. 나폴레옹 역시 60만 대군으로 러시아 정복에 나섰지만 추위와 기습으로 몰살당하고 겨우 3만-4만 명이 살아 돌아왔다. 얼마 뒤 나폴레옹은 엘바 섬에 유배됐다. 나치 독일 역시 러시아 침공에 대규모 정예부대의 발목이 잡혀 서부전선을 지키지 못했고 결국 연합군에 패배하고 말았다.

아무리 강력한 군대도 날씨 앞에는 무릎을 꿇었다. 그러나 현대 한국의 농부들은 이 무지막지한 날씨를 극복한다. 한국의 시장에는 계절에 관계없이 수박, 참외, 상추, 깻잎, 고추, 가지, 토마토 등 고온성 작물이 지천으로 널려 있다. 한국의 농부들은 돈이 되는 일이라면 날씨쯤은 얼마든지 물리칠 수 있다.

그러나 날씨를 거스르느라 엄청난 비용을 투여한다. 이 비용은 곧 환경오염으로 남는다. 이중, 삼중의 비닐하우스, 기름을 때는 가온시설, 통풍 불량에 따른 살균제 과다사용 등은 날씨를 거스르는 대가로 지불하는 환경오염이다.

현대인은 수렵·채집 생활을 하지 않는다. 늘 제철 채소, 제철 과일만 먹기를 바라지도 않는다. 계절에 관계없이 내가 먹고 싶은 채소나 과일도 먹어야 한다. 다만 계절에 맞지 않는 채소 섭취를 조금 더 줄이는 것, 제철 채소 섭취를 조금 더 늘리는 것만으로도 환경보호에 일조하는 셈이다.

현대 한국의 소비자들은 가혹한 날씨와 무관하게 '멋진 전리품'을 원하고, 이를 만족시키느라 농부들은 '날씨'라는 막강한 군대를 물리치기 위해 잔혹하고 파괴적인 '농법'을 거리낌 없이 동원한다. 언론과 농업 관련 연구소들은 이렇게 획득한 잔혹한 '전과'를 자랑스럽게 소개한다.

제철 채소를 더 많이 먹고, 비계절 채소를 조금 덜 먹는 행위는 안전하고 건강한 채소를 더 많이 먹는다는 이점과 함께 사람이 제일이라는 인식, 사람은 무엇이든 할 수 있다

는 자연 파괴적 사고에서 벗어나 자연에 순응하는 태도이기
도 하다.

햇빛 대신 '페인트' 칠

적산온도積算溫度(sum of temperature)라는 용어가 있다. 작물의 생육에 필요한 열의 축적량을 나타내는 것인데, 특정한 작물의 전체 생육일수 동안의 하루 평균기온을 적산한 것을 말한다. 이때 어떤 날 하루의 기온이 적산온도의 범위에 포함되려면 당일 평균기온이 해당 작물이 생존할 수 있는 온도, 생육이 중단되거나 지장을 받지 않는 온도, 곧 최저온도 이상이 되어야 한다. 따라서 작물마다 적산온도의 값에 포함될 수 있는 기온은 다르다.

가령 김장배추나 무처럼 서늘한 기온에서도 자라는 작물은 특정한 날의 평균기온이 5도 이상이면 적산온도에 포함된다. 배추의 경우 사흘간 일日 평균기온이 10도, 20도, 25도였다면, 적산온도는 55도가 된다.

그러나 일반적인 여름철 작물은 하루 평균기온이 10도 이상 되어야 적산온도에 포함될 수 있다. 매우 고온이 필요한 작물은 하루 평균기온이 15도 이상 되어야 적산온도에 포함된다.

　고추는 과채류 중에서도 대표적인 고온성 채소로 생육에 적합한 기온은 25-30도다. 온도가 고추 생산량에 중요한 요인인 것이다. 그래서 발아와 수분, 착색에 이르기까지 온도 관리가 무척 중요하다. 품종마다 다소 차이가 있지만, 고추는 착과부터 붉은 고추 수확까지 적산온도가 대체로 1,300-1,500도인데, 기온이 높은 여름에는 꽃이 피고 45-55일이 되면 열매가 완전히 붉게 익는다. 이렇게 붉게 익은 고추를 태양열이나 건조기로 말려서 빻은 것이 고춧가루다.

　고추는 처음 꽃이 핀 뒤에도 분지分枝가 생기면서 그 자리마다 꽃이 피고 열매가 맺는 무한화서無限花序다. 노지 밭에서 고추 한 포기를 재배할 때 얻을 수 있는 열매는 300-400개고, 비닐하우스 같은 시설을 갖추고 재배하면 포기당 600-1,200개까지 열매를 얻을 수 있다.

　이처럼 고추는 시차를 두고 계속 꽃이 피고 열매가 맺히니 수익성이 높은 채소에 속한다. 게다가 고추는 더운 여름이 지나고 9월, 10월에도 꽃이 피고 열매가 맺히는데 그

수량이 만만치 않다.

　기온이 높은 여름, 고추는 빨리 자라고 빨리 익는다. 그러나 9월, 10월에 들어 기온이 내려가면 고추는 좀처럼 붉게 익지 않는다. 풋고추는 계속해서 주렁주렁 달리지만 붉게 익는 데 필요한 적산온도가 모자라니 풋고추 상태로 서리를 맞아 시드는 경우도 많다. 이렇게 되면 고춧가루로 사용할 수 없다.

　그래서 농업기술원이나 각 지역 작목반에서는 고추가 착색이 멈추는 시점에 고추포기 뿌리를 절단하도록 권유한다. 뿌리를 자르면 착색이 촉진되고, 붉은 고추 수확량이 증대하기 때문이다. 적산온도가 부족하니 다소간 편법을 동원해서라도 고추 착색비율을 높이겠다는 것이다. 품종에 따라 조금씩 다르지만 '대들보' 품종의 경우 뿌리를 자르면 붉은 고추 수확량이 15퍼센트 정도 증가한다(충남 농업기술원 발표). 이것을 돈으로 환산하면 10아르(1,000제곱미터)당 약 100만 원의 추가 수익을 얻을 수 있다.

　고추포기 뿌리를 절단하면 착색이 촉진되고 서리가 내려도 고추가 얼지 않아 수확시기도 연장할 수 있다. 자연 그대로 온도를 충분히 쌓지 않았다는 점에서 조금 아쉽지만 괜찮은 방법이라고 할 수 있다.

　그러나 최대의 이윤을 남겨야 하는 농부 중에는 이 정

도 편법으로는 만족하지 못하는 사람이 많다. 그래서 상당수 농부들이 고추 착색제를 살포한다. 시중에서는 다양한 종류의 고추 착색제를 판매하는데, 인체에 무해한 착색제도 있고, 단지 고추 색깔을 좋게 하고, 상품성을 증가시키고, 고추 단맛을 향상시키는 데 최고라는 착색제도 있다. 몸에 해롭지 않은 대신 비싼 착색제도 있고, 값이 저렴한 대신 유통과정에서 변질될 수 있는 착색제도 있다.

고추 착색제에 흔히 들어가는 물질 중 하나가 에틸렌이다. 이것의 역할은 고추나 사과를 빨리 늙게 하는 것이다. 착색제를 살포하고 2-3일만 지나면 잎이 거의 시들고 녹색이던 고추가 빨갛게 물드는 것을 눈으로 확인할 수 있다. 이렇게 해서 붉게 만든 고추는 쉽게 변질되고, 푸석푸석해지기도 한다.

풋고추를 신선하게 보관하기 위해서는 사과나 토마토처럼 에틸렌을 뿜어 내는 과일과 함께 두지 말라고 권유하는데, 오히려 밭에서 에틸렌을 뿌려 고추를 시들게 해 버리는 것이다. 에틸렌은 과일 성숙 호르몬 또는 스트레스 호르몬이라고 부른다. 부패를 촉진하기도 한다. 호박을 대량으로 보관할 때 환기장치를 꼭 설치하는 이유 역시 부패한 호박에서 나오는 에틸렌 가스가 다른 호박의 부패를 촉진하는 것을 막기 위해서다.

말하자면 에틸렌은 좋게는 숙성, 나쁘게는 부패를 촉진하는 물질이다. 심지어 어떤 착색제는 성분도 제대로 표기하지 않는다. 회사의 지적재산권이라는 이유에서다.

고추 착색제를 살포하면 고추는 2-3일 안에 100퍼센트 붉게 물든다. 농부들은 1차로 착색제를 살포하고 5-6일 지난 후, 약제가 묻지 않아 아직 붉은색으로 변하지 않은 고추에 선별적으로 다시 약제를 살포해 100퍼센트 붉은 고추를 만든다.

충분한 온도가 쌓여 붉게 익어야 할 고추에 인위적으로 색깔을 입히는 것이다. 인체에 나쁜 성분이 없으니 문제가 없다고 주장하지만, 착색제를 살포해 붉게 물들인 고추는 마땅히 받았어야 할 '햇빛과 온도의 양'을 확보하지 못했다는 점에서 바른 먹을거리라고 할 수는 없다.

서리가 내리기 전에 고추포기 뿌리를 자르면 15퍼센트 정도 수익이 증대하지만, 착색제를 뿌리면 현재 매달려 있는 고추를 100퍼센트 붉게 만들 수 있다는 점에서 농부들은 솔깃할 수밖에 없다.

고추를 전문으로 생산하는 농가 입장에서 고추 재배의 성공과 실패는 '화폐가치'로 평가된다. 따라서 가능한 한 높은 화폐가치로 보상받기를 원하는 농부더러 '날씨가 추워지고 서리가 내려 고추가 엉망이 되더라도 그것이 자연의 이

치니 순리에 따르시오'라고 말한다고 해서 이를 받아들일 사람은 많지 않다.

그렇게 말하려면 그에 따른 손실을 소비자가 분담해야 한다. 그러나 현실은 그렇지 않다. 빛깔이 좋고 가격이 싼 고춧가루를 원하는 소비자에게 '내 고추는 착색제를 쓰지 않았다'고 말해도 통하지 않는다. 익명의 생산자와 익명의 소비자 사이에 신뢰가 구축되지 않았기 때문이다.

소비자는 이왕이면 값이 저렴하고 겉보기도 좋은 고춧가루를 구입하려 하고, 생산자는 겉보기 좋은 고춧가루를 최대한 많이 생산하기를 원한다. 소비자와 생산자 사이에 암묵적으로 '쌍방 기만 계약'이 성립하는 것이다.

식물과 동물이 에너지를 만드는 방식 중 가장 큰 차이점은 햇빛을 이용하는 방식이다. 인간을 포함한 모든 동물의 햇빛 에너지 이용 효율은 식물에 비해 현저하게 낮다. 식물은 햇빛 에너지를 직접 섭취해 성장, 번식하고, 동물은 햇빛 에너지를 풍부하게 담고 있는 식물을 먹음으로써 햇빛 에너지를 섭취한다.

주지하다시피 사람을 비롯한 동물이 섭취하는 태양 에너지는 대부분 식물이 태양에서 1차적으로 섭취한 에너지를 2차적으로 섭취한 것이다. 동물이 햇빛에서 직접 섭취할 수 있는 영양분은 비타민 D 정도에 불과하다.

대부분의 녹색식물과 일부 생물은 태양의 빛 에너지와 물, 이산화탄소를 이용해 광합성을 한다. 광합성 작용으로 탄수화물을 만들고 이를 쪼개거나 붙여 녹말, 섬유소, 과당, 설탕, 지방, 단백질 같은 여러 가지 영양분을 만든다. 식물의 뿌리, 줄기, 잎, 열매 등이 모두 광합성 작용으로 생성되는 것이다. 식물의 잎이 녹색으로 보이는 것은 엽록체가 녹색을 모두 반사하기 때문이다.

　따라서 동물이 풀이나 나뭇잎, 과일 등에서 영양을 섭취하든, 육식동물이 초식동물을 잡아먹든, 사람이 야채와 고기, 우유를 먹든 이 모든 에너지의 출발점에는 햇빛이 있다. 그런 점에서 햇빛이 뿜어내는 온도를 자신에게 필요한 양만큼 받아서 붉게 익은 고추와 착색제를 살포해 붉게 만든 고추는 다른 물질이라고 할 수 있다. 고추 혹은 고춧가루라는 이름으로 통용되지만 필요한 만큼의 햇빛 에너지를 축적해서 질적 변화(붉게 익음)를 일으킨 고추와 햇빛 에너지를 일부만 받고, 그 나머지는 '붉은 페인트'를 칠해 변색시킨 고추는 다른 물질이다.

　실제로 붉은 고추는 햇빛을 충분히 받아 색깔이 진홍색으로 변하고 과실 표면에 주름이 생겼을 때 매운맛을 내는 캅사이신● 성분이 가장 많다.

● 캅사이신(capsaicin) 또는 캡사이신은 고추의 매운 맛을 내는 성분으로, 고추씨에 가장 많이 함유되어 있으며 껍질에도 있다. 고추가 캅사이신을 만들어 내는 이유는 자신을 다른 동물이나 식물에게서 보호하고, 동시에 씨를 퍼뜨려 종자 번식을 확대하기 위해서라고 알려져 있다.

빨간 가면을 쓴 토마토

일반 토마토의 적산온도는 대략 1,000-1,100도다. 적산온도에 이르면 토마토는 붉게 익는다. 이렇게 익은 토마토에 있는 라이코펜●은 강력한 항산화 성분으로 유해산소를 제거해 피부미용에 좋고, 전립선암, 심장병, 유방암 등을 예방하는 역할을 하는 물질로 알려져 있다. 라이코펜은 우리 인체에도 존재하는데, 뇌와 피부, 폐, 위, 간, 신장 등 주요 장기는 물론 특히 남성의 생식기, 전립선, 고환, 여성의 유방과 난소에 다량 존재한다. 그만큼 우리 몸에 필요한 물질이다. 하지만 나이가 들어 가면서 체내 라이코펜이 감소하기 때문에 더 많이 섭취해야 한다. 그래서 아이들보다는 어른들이 토마토를 더욱 즐겨 먹는지도 모른다.

●라이코펜(lycopene) 또는 리코펜은 토마토와 기타 빨간 식물에 들어 있는 파이토케미컬(식물성 화학물질)이다. 사람의 몸에서 가장 흔한 카로티노이드(노란색·주황색·빨간색의 생물 색소)이며 가장 효능이 좋은 카로티노이드 항산화물질로 알려져 있다.

토마토는 개화 후 30-40일 지나면 과실이 다 자라고, 이후 착색이 시작된다. 착색은 주로 카로티노이드계 색소에 의해 진행된다. 대부분이 라이코펜이고, 일부 베타카로틴과 키산토필 색소도 생성된다.

주목할 점은 라이코펜 색소는 꽃이 핀 뒤 45일경부터 조금씩 생기는데, 특히 완숙기에 급격히 증가한다. 완전히 익은 토마토의 색소 중에 라이코펜이 차지하는 비율은 75-85퍼센트에 이른다. 햇빛을 받아 충분히 익었다는 것은 그만큼 라이코펜 성분이 많다는 의미다.

라이코펜 색소 발현에 가장 알맞은 온도는 19-24도다. 기온이 18도 이하거나 30도 이상이 되면 라이코펜 색소 발현이 억제된다. 토마토 유통과정에서는 신선도를 유지하기 위해 냉장보관하는 경우가 많고, 그런 온도에서 라이코펜 색소는 발현되지 않는다. 그러니 소비자가 마트에서 붉게 익은 토마토를 구입했다고 하더라도 그 토마토는 진짜 익은 토마토가 아니다.

유럽에는 "토마토가 빨갛게 익으면 의사들의 얼굴이 파래진다"The redder the tomatoes, the paler the doctor's face는 속담이 있다. 토마토를 자주 먹으면 의사가 필요 없을 만큼 건강해진다는 말이다. 여기서 주목해야 할 것은 '토마토가 붉게 익으면'이라는 말이다. 붉게 익은 토마토가 건강에 좋다는 말이다. 그렇다면 우리가 마트에서 구입해 먹는 붉은 토마토는 정말 '붉게 익은' 토마토일까?

텃밭에서 토마토를 수년간 재배해 본 결과 익은 토마토가 잘 터진다는 사실을 알게 됐다. 일반 토마토는 방울토마토에 비해 더 쉽게 터진다. 특히 붉게 익은 토마토가 비를 맞으면 80-90퍼센트가 터져 버린다.

토마토 열과현상(과피가 찢어지는 현상)이 발생하는 원인은 다양하다. 칼슘 부족, 가뭄이 이어지다가 갑자기 내리는 비, 평소 충분한 수분 공급 실패 등 여러 가지 원인이 있다. 토마토가 붉게 익었는데도 터지지 않도록 기르기는 매우 어렵다. 아마추어 텃밭농부뿐만 아니라 전문농부에게도 이는 매우 힘든 작업이다.

붉게 익은 토마토는 아직 연두색인 토마토에 비해 훨씬 잘 터질 뿐만 아니라 보관기간도 훨씬 짧다. 밭에서 충분히 붉게 익은 토마토를 따서 출하하면 운송 중에 쉽게 터지거나 강직도가 상당히 떨어지고 만다. 보관할 수 있는 기간도 짧다. 그러나 아직 연두색인 토마토를 따서 출하하면 며칠에 걸쳐 붉게 숙성되고, 웬만해서는 터지지도 않는다.

그래서 토마토 생산 농가에서는 100퍼센트 연두색 토마토, 그러니까 익지 않은 토마토를 수확해 선별한 뒤 포장하고 출하한다. 심지어 벌겋게 익기 시작한 토마토는 수확한 뒤 크기별로 분류하는 과정에서 골라낸다. 잘 익은 토마토가 불량품으로 분류되는 것이다. 익은 토마토는 세척, 포장, 유통 과정에서 잘 터지고 쉽게 상하기 때문이다. 아직익지 않은 연두색 토마토는 '합격상품'으로 분류되고, 익은토마토는 '불량품'으로 분류되는 웃지 못할 상황이 매일 벌어진다. 이처럼 아직 익지 않은 토마토가 유통과정에서 벌겋게 변하고, 소비자는 그것을 구입해 먹는다.

이렇게 유통되는 토마토가 맛있을 리 없다. 단맛도 신맛도 없다. 그러니 맛에 민감한 아이들이 토마토를 먹지 않으려는 것은 자연스러운 반응인 셈이다. 아이들만 그런 것이 아니다.

토마토가 건강에 좋다고 하니, 일부러 상자째 토마토를구입해 냉장고에 보관해 두고 먹는 사람이 있다. 그러나 절반도 먹지 못하고 냉장고 안에서 시들고, 그대로 음식물 쓰레기통으로 들어간다. 많이 먹으려면 자기도 모르게 손이가야 하는데, 아직 익지도 않은 토마토, 유통과정에서 어두컴컴한 상자 속에서 숙성되는 토마토는 아무런 맛이 없기때문이다.

전업농가에서 일반적으로 키우는 토마토는 겉이 번지르르하고 터진 것이 없지만 그야말로 빛 좋은 개살구다. 대규모 머니 자본주의의 어두운 측면이다.

현재 한국의 대규모 농가에서 재배하고 백화점과 재래시장에서 유통되는 토마토는 "토마토가 빨갛게 익으면 의사들의 얼굴이 파래진다"는 유럽 속담에 등장하는 토마토가 아니다.

햇빛을 충분히 받아 붉게 익은 토마토는 맛이 완전히 다르다. 이로 깨물면 탁 터지면서 단맛과 신맛이 입안 가득 퍼진다. 텃밭에서 재배해 방금 딴 토마토를 먹으면 그런 식감을 즐길 수 있다. 맛이 있으니 손이 더욱 자주 가기 마련이다.

전업농가에서 대량으로 재배한 토마토에서는 어째서 토마토 특유의 맛이 나지 않을까. 가장 큰 원인은 앞서 밝힌 대로 아직 익지 않은, 껍질이 연두색인 토마토를 수확해서 유통, 판매하기 때문이다.

이유는 또 있다. 토마토 줄기와 잎은 90퍼센트 정도가 수분이다. 열매 역시 95퍼센트 정도가 수분이다. 토마토는 비교적 건조한 기후를 좋아하고 가뭄에도 강해 일부러 물을 주지 않고 내리는 비만으로도 재배하기 충분하다. 아니, 여름철 한국에 내리는 비 정도만 해도 토마토 재배에는 물이 너무 많다고 할 수 있다. 오히려 토마토는 좀 가물 때 더욱 진한 특유의 맛을 낸다.

이처럼 가뭄에 강하지만 전업농부는 물을 자주 준다.

물을 자주 주어야 토양의 거름 성분이 녹아서 작물체로 이동하고, 그래야 크고 튼실한 토마토가 열리기 때문이다. 또 평소에 물을 자주 주면 토마토가 물에 일종의 면역력이 생겨 장마가 닥쳐도 열과가 덜 발생한다.

가뭄에 시달리던 토마토가 장마를 맞이하면 최대한 물을 빨아들이게 되고, 너무 많이 흡수함으로써 열과가 쉽게 발생하는 것이다. 그러나 물을 자주 주면 비가 내려도 열과가 발생할 만큼 물을 흡수하지는 않는다. 배가 고프지도 않은데 자주 식사를 제공함으로써 배고픔을 모르게 하고, 그래서 과식을 예방하려는 이치라고 할까.

그러나 이렇게 물을 자주 주다 보니 토마토는 고유의 맛을 내기보다는 덩치만 큰 물둥이가 된다. 맛 좋은 토마토, 영양가 높은 토마토가 아니라 눈에 보기 좋은 토마토를, 그것도 빨리 생산하자니 규칙적으로 물을 주는 것이다. 그 결과 덩치는 크지만 맛없는 토마토가 돼 버린다. 사람도 적절한 영양 섭취와 적절한 운동을 해야 튼튼해지듯, 토마토 역시 적절한 영양 공급과 함께 가끔씩은 자연의 가혹함에 노출되어야 고유의 맛을 품게 된다.

빨리 수확할 필요도 없고 모양 좋게 기를 이유도 없는 텃밭농부는 토마토에 일부러 물을 주지 않는다. 그냥 하늘에서 내리는 빗물에 의지해서 키워도 충분하기 때문이다.

오직 빗물에 의지해 재배할 때 토마토 열매 맛이 더 좋은데, 뙤약볕 아래에서 일부러 물 주는 수고를 할 이유도 없다.

다만 겉보기에 상품성이 조금 떨어질 뿐이고, 생산량이 적을 뿐이다. 바로 이 '다만'이라는 단점 때문에 전업농부는 텃밭농부와 같은 방식으로 토마토를 재배할 엄두를 내지 못한다. 익명의 소비자를 대상으로 판매하자니 뛰어난 맛을 보여 줄 방법이 없고, 결국 빛깔과 크기로 승부할 수밖에 없는 것이다.

착색제를 살포하거나 덜 익은 열매를 따 내는 행위가 고추나 토마토에 한정된 것은 아니다. 누구나 알겠지만 추석 무렵이면 어김없이 붉게 잘 익은 사과가 백화점과 재래시장에 쏟아져 나온다. 추석이 9월에 있어도, 10월에 있어도 크고 잘 익은 사과가 쏟아져 나오는 것은 마찬가지다. 품종 개량으로 조생종 사과가 늘어난 것일까. 아니면 하늘이 추석에 맞춰 사과를 잘 익게 배려라도 하는 것일까.

사과 재배 농가에서는 추석 대목시장을 겨냥해 사과를 출하하기 위해 성장촉진제를 살포한다. 주로 지베렐린과 질산비료를 쓰는데, 이런 약제를 쓰면 사과나 배의 세포 부피가 빠르게 커진다. 성장속도가 빨라진다는 것이다. 거봉 포도 역시 지베렐린으로 크기를 키운다. 여기에 착색제를 살포해 푸르스름한 사과를 순식간에 붉게 잘 익은 것처럼 보이게 만들어 버린다. 그러다 보니 사과의 단단함은 약해지고, 단맛이 떨어진다. 크기를 인위적으로 키운 데다 제대로 익지 않았기 때문이다. 단단함 정도가 약해지니 저장성도 떨어지기 마련이다.

사과에 색깔을 내기 위해 나무 아래 반사판을 설치하기도 한다. 사과의 아랫부분 색깔은 겉모습만으로 사과가 제대로 익었는지 덜 익었는지 판단하는 중요한 기준이다. 덜 익었으면 약간 푸르고 다 익었으면 다소 노르스름한 빛깔을 띤다. 그러나 과수원 바닥에 반사판을 설치해 인위적으로 햇빛을 비춤으로써 전체적으로 아직 제대로 익지 않았는데도 아랫부분이 노르스름하게 변한다. 겉보기에는 다 익은 것처럼 보이지만 당도가 떨어지는 까닭이다.

크고 빛깔 좋은 과일을 생산해야 돈을 더 많이 벌 수 있다는 농민의 바람과 아직 제철이 아니지만 가을 과일을 차례 상에 올리고 싶은 소비자의 바람이 일치하기 때문에 이런 일이 일어난다. 이 과정에서 소비자는 농민이 약제를 써서 인위적으로 과일의 크기를 키우고 색깔을 입혔다고 비난하고, 생산농가는 크기와 빛깔이 조금만 나쁘면 쳐다보지도 않는다며 소비자를 원망한다. 서로 욕심을 버리면 '상호기만'에서 벗어날 수 있는데, 욕심을 버리는 대신 책임을 상대에게 돌리는 편한 방법을 선택하고 만다.

토마토든 사과든 배든 고추든 모든 과일과 채소는 나무나 포기에 매달려 햇빛을 충분히 받고 익어야 제맛을 낸다. 대량생산과 조기출하로 이익을 추구하는 현대 자본주의는 작물에 마땅히 주어야 할 '시간'을 주지 않는다.

푸드 마일리지 줄이기

집 가까운 곳에 텃밭을 가꾸면 '푸드 마일리지'food mile-age를 대폭 줄일 수 있다. 푸드 마일리지는 영국의 환경 운동가 팀 랭Tim Lang이 1994년 주장하면서 알려진 개념으로 식재료가 생산, 소비되는 전 과정에서 발생하는 환경 피해를 다음과 같이 수식으로 나타낸 것이다.

식품 운송량(톤ton)×식품 운송거리(킬로미터km)
=푸드 마일리지(t·km)

식품이 생산·운송·유통 단계를 거쳐 소비자의 식탁에 오르기까지 운송된 거리를 말하며, 운송거리에 식품 운송량을 곱해 계산한다. 예를 들어 4톤의 식품을 50킬로미터 떨어진 곳으로 운송할 경우 푸드 마일리지는 4톤×50킬로미터이므로 200t·km이 된다. 푸드 마일리지는 운송되는 거리가 멀수록, 운송되는 식재료 양이 많을수록 배출된 온실가스 양이 많아진다는 개념이다.

국립환경과학원의 발표에 따르면 2010년 기준 한국의 1인당 푸드 마일리지는 7,085t·km였다. 이는 당시 조사 대상국인 한국, 일본, 영국, 프랑스 중 1위였다. 프랑스의 1인당 푸드 마일리지 739t·km의 10배 수준이었다.

그만큼 한국이 먹을거리와 관련해 많은 양의 온실가스를 배출한다는 의미다. 당시 식품 수입에 따른 1인당 이산화탄소 배출량은 한국 $142kgCO_2$, 일본 $123kgCO_2$, 프랑스 $96kgCO_2$, 영국 $95kgCO_2$인 순서로 조사됐다. 2003년 이후 1인당 푸드 마일리지 증가율 역시 한국 10.8퍼센트로 일본 0.5퍼센트, 영국 0.2퍼센트, 프랑스 0.7퍼센트에 비해 매우 높았다.

2010년 한국의 1인당 식품 수입량은 468킬로그램으로 2001년 수입량인 410킬로그램 대비 14퍼센트 증가했으며, 특히 곡물과 야채·과일 수입 증가가 가장 큰 원인이었다. 조사 당시 1인당 식품 수입량은 한국 468킬로그램, 영국 411킬로그램, 프랑스 403킬로그램, 일본 370킬로그램으로 나타났다.

푸드 마일리지는 단순히 환경오염을 나타내는 지표가 아니다. 푸드 마일리지 값이 클수록 식품의 신선도가 떨어지기 마련이다. 운송거리가 멀수록 온실가스를 많이 배출할 뿐만 아니라 음식물의 품질까지 떨어진다. 푸드 마일리지를 줄이기 위해 소비지에서 가까운 곳에서 농작물을 재배하자는 운동이 펼쳐지고 있지만 아직은 미미한 수준이다.

그런 점에서 집 가까운 곳에서 텃밭을 가꾸면 푸드 마일리지를 매우 효과적으로 줄일 수 있다. 게다가 소규모로 경작하는 텃밭에서는 농약과 화학비료를 사용하지 않으므로 단순히 운송거리로 발생하는 환경오염 물질 줄이기 이상의 효과를 낸다. 텃밭농부는 당일 수확해서 당일 먹을 수 있으므로 신선도 측면에서 먼 외국산 농산물을 수입해 먹을 때와 큰 차이를 보인다. 아무리 뛰어난 냉장시설을 갖추고 보관한다고 해도 '밭에서 갓 수확한 채소'에 비할 수는 없다.

푸드 마일리지가 짧다고 무조건 환경 친화적이라고 단정할 수는 없다. 식량 생산과 운송, 소비, 폐기 등 모든 단계에 에너지가 투입되고 이산화탄소가 발생하는데, 푸드 마일리지는 식량 운송과정에서 발생하는 온실가스의 양만을 측정하기 때문이다.

도시 근교에서 재배한 채소라고 하더라도 농약이나 화학비료를 많이 사용했거나 비닐하우스를 설치하고 재배했다면 자연 상태에서 생산한 먼 나라의 농산물보다 환경에 나쁜 영향을 더 많이 끼칠 수도 있다.

전업농가에서는 더 많은 생산물을 더 효과적으로 생산하기 위해 다양한 가온, 보온, 저온 설비를 갖춘다. 이 모든 시설은 오염물질을 남긴다. 한 예로 한국의 농가에서 일반적으로 사용하는 비닐멀칭을 들 수 있다.

한국에서 멀칭mulching(피복)은 '농사혁명'이라고 부르기도 한다. 멀칭이란 작물체가 서 있는 부분을 제외한 농토의 모든 표면에 검정 비닐, 투명 비닐, 투명 불투명 혼합 비닐 등을 덮어 주는 것을 말한다.

멀칭의 가장 큰 장점은 이른 봄에 지온을 높여 식물체의 뿌리가 잘 뻗도록 하는 데 있다. 또 땅속 수분 증발을 막아 주기 때문에 따로 물을 주지 않아도 되고, 적당한 양의 수분을 늘 함유하고 있기 때문에 가뭄 피해를 예방할 수 있다. 또 장맛비에 흙 속에 들어 있는 비료 성분이 쓸려가는 것을 막고, 세찬 빗방울에 흙탕물이 작물에 튀는 것을 막아 흙에 있는 병원균이 작물의 줄기나 잎으로 침투하는 것도 예방한다.

비닐로 흙과 외부를 차단하기 때문에 빗물에 흙이 젖고 마르는 현상을 막아 주는 역할도 한다. 농부들은 파종하기 전에 밭을 갈아서 흙을 부드럽게 만든다. 그러나 이후 빗물에 젖고 마르기를 반복하는 과정에서 흙이 딱딱해지는데, 비닐멀칭으로 빗물을 가리면 흙이 딱딱해지는 것을 막아 뿌리가 잘 뻗을 수 있는 환경이 처음 밭을 갈았을 당시 그대로 유지된다. 또한 두둑과 고랑에 멀칭을 함으로써 잡초 발생을 막아 농부의 시간과 수고를 덜어 준다.

이처럼 이점이 많으니 한국의 전업농가에서는 거의 대부분 비닐멀칭을 한다. 현실적으로 넓은 면적에서 채소농사를 짓는 전업농부가 멀칭을 하지 않고는 여름철 하루가 다르게 자라는 풀을 감당하기 어렵다. 기온이 높고 비가 자주 내리는 여름이면 단 일주일 만에 풀이 엄청나게 자라 버린다.

농사에서 풀은 심각한 적이다. 손으로 풀을 뽑으려면 하루 종일 뽑아도 한 사람이 330제곱미터(약 100평) 이상을 뽑기는 어렵다. '딸깍호미'● 같은 기능성 호미로 뽑는다고 해도 하루 1,000제곱미터 이상을 뽑기는 불가능하다. 게다가 여름철에는 일주일이면 풀이 또 자란다.

멀칭 재료에는 비닐뿐만 아니라 짚, 낙엽, 신문지, 부직포, 뽑아 낸 풀, 톱밥, 콩깍지 등 다양한 것이 있다. 그러나 전업농부는 대부분 비닐을 사용한다. 풀이나 짚을 사용해 멀칭하기란 무척 번거롭고, 그만큼 많은 양의 풀이나 짚을 구하는 일도 만만치 않기 때문이다. 짚이나 톱밥을 재료로

●일반 호미처럼 쪼그려 앉아 풀을 매는 것이 아니라 서서 김을 매도록 한 호미로, 긴 막대 손잡이가 달려 있다. 호미를 앞뒤로 밀고 당길 때 '딸깍딸깍' 소리가 난다고 해서 '딸깍호미'라고 부른다.

만든 친환경 피복재가 시판되고 있지만 값이 비싸 전업농부가 이런 것을 사용하는 경우는 거의 없다.

친환경 농가에서는 유기농으로 채소를 재배하기 위해 제초제를 쓰는 대신 검정 비닐로 멀칭한다고 주장하는데, 앞서 밝힌 대로 엄밀한 의미에서 비닐멀칭 역시 유기농 재배라고 할 수는 없다.

설령 깨끗이 수거해서 버린다고 하더라도 오염원을 내 밭에서 다른 곳으로 옮기는 행위일 뿐 오염 발생 자체를 막는 것은 아니다. 그런 점에서 비닐멀칭은 친환경 농법인 동시에 친환경의 역逆이자, 통계에 잡히지 않지만 푸드 마일리지를 증가시키는 요소에 해당한다.

대규모로 농사를 짓는 전업농부와 달리 33제곱미터(10평 안팎)의 텃밭을 가꾸는 텃밭농부에게 풀은 크게 문제가 되지 않는다. 대량으로 농사를 짓는 전업농부에게는 쪼그리고 앉아 풀을 뽑는 일이 고된 노동이자 불가능에 가까운 도전이지만, 소규모 텃밭농부에게는 땀 흘리는 즐거움이자 텃밭 가꾸기의 즐거움에 해당한다. 33제곱미터 정도 텃밭의 풀은 아무리 무성해도 1시간 남짓이면 깨끗하게 뽑아 낼 수 있다.

게다가 텃밭농부는 다른 농부보다 상대적으로 일찍 키워서 시장에 내다 팔 것이 아니기 때문에 멀칭을 해서 인위적으로 지온을 올릴 필요가 없다. 집에서 가깝고 면적이 작은 텃밭이라 가뭄이 좀 심하다 싶으면 물을 주면 된다. 멀칭을 하지 않았을 때보다 병해충이 생길 가능성은 높지만, 판매를 목적으로 하지 않으니 손으로 벌레를 잡아도 되고, 면적이 작으니 종종 텃밭에 들러 통풍이 잘 되도록 관리하고 무성한 가지를 자주 정리해 주기만 해도 병해충 발생을 상당히 억제할 수 있다.

이미 병해충이 발생한 포기는 뽑아서 멀리 버리면 더이상 확산되지도 않는다. 집에서 미생물 발효액을 만들어 채소에 자주 뿌려 주면 웬만한 질병은 예방할 수 있다. 물론 미생물 발효액은 시중의 살균제처럼 확실한 살균효과를 발휘하지 않는다. 그러니 미생물 발효액으로 병균을 막으려면 화학농약보다 훨씬 자주 뿌려 주어야 한다. 화학 살균제를 쓸 때보다 손이 많이 가기 마련이다. 그럼에도 텃밭농부들은 그렇게 한다. 안전한 먹을거리를 재배하기 위해, 또 건전한 재배과정 자체를 즐거움이자 재배목적으로 생각하기 때문이다.

텃밭농부가 해충을 쫓기 위해 자주 사용하는 목초액 역시 300-400배 물에 희석해 사용하는 만큼 살충효과보다는 퇴충효과에 중점을 둔다. 해충을 죽이는 게 아니라 당분간 쫓아낼 뿐이니 그만큼 자주 살포해야 하고, 효과도 약하다. 그러다 보니 일손이 많이 가기 때문에 대규모 전업농가에서 미생물 발효액이나 목초액으로 농사를 짓기는 어렵다. 그러나 소규모 텃밭에서는 얼마든지 가능하다. 따라서 도시인들이 소규모 텃밭을 많이 가꿀수록 그만큼 환경오염은 줄어든다.

물론 텃밭농부 중에서도 풀 뽑는 수고를 덜기 위해 멀칭을 하는 사람이 있다. 그러나 대부분의 텃밭농부는 효율성이나 생산성이 아니라 농사 자체에 의미를 두기 때문에 멀칭을 하지 않는다. 할 일이 있어야 텃밭에 자주 가게 되고, 자주 가다 보면 풀 한 포기라도 뽑게 되고, 김매기라도 해주게 된다. 김매기를 자주 하고 물을 잘 주는 것이 비료보다 낫다.

경제성을 따져 볼 때 텃밭에서 채소를 재배해 먹는 것은 시장에 가서 유기농 채소를 사 먹는 것에 비해 경제성이 떨어진다. 그러나 텃밭을 가꾸는 목적 중 하나는 효율성과 경제성에서 벗어나 보자는 데 있다. 효율성과 경제성이야말로 인간이 좋아하고 추구하는 것이다. 바로 그런 까닭에, 우리의 본성이 효율성과 경제성을 너무나도 좋아하기 때문에, 일부러라도 외면해 보자는 것이다.

겨울에도 우리는 비닐하우스에서 재배한 수박을 먹을 수 있다. 그러나 먹을 수 있다고 다 먹을 필요는 없다. 인간이 할 수 있다고 다 행해야 하는 것은 아니니 말이다.

텃밭은 효율에서 벗어난다는 인문철학적인 측면에서만 가치를 지니는 것은 아니다. 실제적인 도움도 된다.

가령 채소의 맛을 결정하는 3대 요소는 재배시기, 품종, 신선도다. 텃밭농부는 제철 재배를 기본으로 한다. 또한 그날 수확해서 그날 소비하는 것을 원칙으로 한다.

텃밭농부는 전업농부처럼 억제재배, 촉성재배 등 인위적인 방법을 동원하지 않는다. 내가 원하는 계절에 특정 작물을 재배하는 것이 아니라, 계절에 맞는 작물을 재배한다. 또한 내가 원하는 시점에 수확하기 위해 인위적으로 성장속도를 조절하는 대신 작물이 제 속도대로 자라도록 하고, 경제적으로 유리한 시점이 아니라 작물이 생리적으로 적절하게 성장한 시점에 수확해서 먹는다. 많이 나올 때는 조금 많이 먹고, 이웃에게 나누어 준다. 특정 작물이 적게 나오는 시점에는 적게 먹고, 대신 그 무렵에 많이 나오는 채소를 자주 먹는다.

제철에 맞춰 재배하다 보니 비용을 줄일 수 있고, 신선도를 확보할 수 있으며, 채소 고유의 맛을 느끼는 데도 유리하다. 게다가 전업농부라면 수확량이 많은 품종을 재배하겠지만, 텃밭농부는 굳이 수확량에 얽매일 필요가 없으므로 수확량이 다소 적더라도 맛이 좋은 품종을 재배할 수 있다. 상추, 배추, 고추, 옥수수, 그 어떤 작물이든 수확량 감소를 각오하면 훨씬 맛 좋은 채소를 얻을 수 있다. 채소의 맛을 결정하는 재배시기, 품종, 신선도 세 가지를 모두 잡을 수 있다는 것이다.

2016년 11월 중순부터 12월 말까지 한국은 조류인플루엔자AI(Avian Influenza)로 큰 피해를 입었다. 조류인플루엔자 의심 신고가 들어오고 43일 만에 가금류 2,800만 마리를 살처분했다. 상황이 그렇게 되자 달걀 값이 천정부지로 뛰어올랐고, 달걀 값을 안정시키기 위해 외국에서 수입해야 한다는 목소리가 나왔다. 그러나 달걀을 비행기로 공수할 때 한 개당 700원의 운송비가 든다고 한다. 이 비용을 대면서까지 달걀을 대량 수입해 먹어야 할까? 달걀이 적게 나올 때는 조금 적게 먹으면 되지 않을까?

그런데 이 책의 원고를 최종 수정하는 2017년 9월 초 현재는 살충제 달걀 파동으로 달걀 30개 한 판 가격이 4,000원으로 떨어져도 소비가 되지 않는다고 한다.

조류인플루엔자와 살충제·항생제는 대량생산을 하느라 우리 스스로 개발하거나 끌어들인 것들이다. 우리 스스로 개발하거나 끌어들인 것을 기피하는 이 현상은 우리가 적어도 먹을거리의 생산에 관한 한 인식의 전환점에 다다랐음을 의미한다.

순서대로, 신선하게

야채의 신선도를 유지하기 위해 전업농가와 유통회사는 가능한 한 좋은 냉장시설과 기동력을 확보하려고 애쓴다. 여기에 저장비, 물류비가 투입되는 것은 물론이다. 이 과정에서 발생하는 환경오염이 바로 '푸드 마일리지'다.

대량생산과 유통, 소비 방식에는 푸드 마일리지 증가 외에 단점이 또 있다. 아무리 훌륭한 냉장시설을 갖추고 아무리 빨리 운반한다고 하더라도, 유기농법으로 재배했든 관행농법(비료와 농약을 모두 사용하는 농법)으로 재배했든, 야채는 판매대에 오래 두면 신선도가 떨어질 수밖에 없다. 야채를 가장 신선하게 저장하는 방법은 먹기 직전까지 밭에 두고, 수확한 직후에 먹는 것이다.

예컨대 옥수수는 '냄비에 물을 얹어 놓고 따러 나간다'

는 말이 있을 만큼 수확한 직후에 맛이 뛰어나다. 수확하고 한 시간만 지나도 맛이 떨어지기 시작해 시간 단위로 맛이 뚝뚝 달아난다. 도시인이 시장에서 구입한 옥수수는 적어도 하루 이틀, 길게는 3-4일 이상 유통과정을 거친 것이라고 할 수 있다. 수확했을 당시 옥수수의 달콤하고 차지고 넉넉한 맛은 이미 상당 부분 달아나고 없는 상태다.

텃밭은 대체로 집에서 가깝다. 농작물을 수확해 바로 집으로 가져오므로 유통과정이 없다. 텃밭에서 방금 수확한 옥수수의 맛은 여러 날 유통과정을 거친 옥수수와 차원이 다르다.

최상의 신선도를 유지하기 위해 채소를 밭에 무작정 둘 수는 없다. 적당한 시점이 되면 수확해야 한다. 옥수수도 너무 오래 익으면 단단해져서 먹기 힘들어진다. 삶아도 잘 익지 않고 별맛도 없다.

이런 문제를 해결하기 위해 텃밭농부는 씨앗을 뿌릴 때부터 2-3주, 넓게는 2-3개월 시차를 둔다. 순차적으로 파종하고, 가장 적당하게 잘 익은 것부터 순차적으로 수확하는 것이다. 가능한 한 밭에 오래 두고, 먹기 직전에 수확하되 가장 맛있는 상태에서 수확하는 방법이다. 이는 다른 어떤 첨단 저장법보다 야채를 신선하게 보관하는 방법이다.

옥수수는 파종에서 수확까지 약 3개월이 걸리는 작물

이다. 한국의 남부지방이라면 4월 중순부터 7월 중순까지 파종할 수 있고, 4월에 파종한 옥수수는 7월에, 7월에 파종한 옥수수는 9월에 수확할 수 있다. 파종 시기를 2주 정도 차이를 두고 한 번에 10포기씩 파종하면 3개월 동안 갓 따낸 맛있는 옥수수를 먹을 수 있다. 매일 옥수수만 먹을 수는 없으니 그 정도 파종해 두면 두세 가정이 나누어 먹어도 충분하다.

순차적 파종과 순차적 수확은 비단 옥수수에 한정된 방법이 아니다. 가을무를 재배할 경우 전업농가에서는 파종하고 대략 90일이 되면 수확해서 시장에 내다 판다. 한국 남부지방에서는 8월 하순에 파종하고 11월 말에 수확하는 것이 일반적이다. 한꺼번에 파종하고, 한꺼번에 수확하고 유통해야 비용이 덜 들어가고, 수익률이 높다.

한 번에 대량으로 수확한 무가 쏟아져 나오면 소비자들은 4인 가족이 먹기에는 많은 분량의 한 단 묶음으로 사서 반찬을 만들고, 남은 것은 냉장고에 넣어 두었다가 한참 뒤에 먹거나 그대로 썩히다가 버리는 경우도 많다. 그러나 순차적으로 파종하고 순차적으로 수확하는 텃밭농부에게는 이처럼 오래 저장하거나 냉장고에서 썩어 가도록 두는 경우가 없다. 대량생산하고 대량소비하는 경제구조의 단점을 '텃밭경제구조'가 보완하는 측면이 있는 것이다.

그러나 전업농부는 순차적으로 파종하기 힘들다. 재배 속도가 가장 빠른 시점을 택해야 단위면적당 생산량이 많기 때문이다. 제철 재배를 하지 않을 바에는 아예 재배시기를 훨씬 당기거나 늦추고 시설재배를 통해 수익을 올리는 것이 일반적이다.

텃밭농부는 8월 하순에 파종한 가을무를 9월 20일경부터 차례로 수확해서 먹을 수 있다. 무는 대체로 한 구멍에 씨앗을 3-4개 넣는 방식으로 파종한다. 발아율은 100퍼센트에 가깝지만 혹여 발아하지 않거나, 발아한 뒤 생육 초기에 벌레의 공격을 분산하기 위해서다.

이렇게 한 구멍에서 3-4포기가 자라는 무는 20일 정도 지나면 솎아 내기를 해 주어야 한다. 이때 솎아 낸 어린 무는 훌륭한 무침나물이 된다. 그 이후로도 10일 단위로 솎아 내서 무침나물, 무김치 등으로 만들어 먹을 수 있다.

게다가 모든 작물은 동시에 파종해도 싹틈과 자람에 차이가 있다. 가령 같은 무 씨앗을 파종해도 어떤 씨앗은 일찍 발아하고, 어떤 씨앗은 발아가 하루 이틀 늦기도 한다. 또 거름을 골고루 펼쳐 뿌려도 어떤 포기는 초기부터 왕성하게 잘 자라고, 어떤 포기는 자라는 속도가 늦을 수 있다.

동시에 파종하고 동시에 수확하는 전업농가에서는 자람의 속도를 맞추는 것이 중요하다. 그래서 중간에 자람이 더디거나 빠른 포기를 솎아 낸다. 평균보다 빨리 자라거나 늦게 자라는 개체는 한 번에 관리하고 한 번에 수확하는 데 걸림돌이 되고, 일손이 많이 가게 하기 때문이다.

그러나 소규모로 농사를 짓는 텃밭농부는 먼저 자라는 포기부터 수확해서 먹기 때문에 더 오래, 더 많이, 더 신선하게 채소를 먹을 수 있다. 자람이 좋은 포기부터 수확하면 늦게 자라는 포기에 공간을 확보할 수 있어 늦되는 포기의 자람을 촉진하는 효과도 있다. 거의 대부분의 작물을 파종한 뒤 2-3주부터 최종 수확할 때까지 긴 시간 동안 차례로 수확해 먹을 수 있는 것이다.

또한 채소는 성장 단계마다 맛도 달라지기 마련인데 솎음수확을 즐겨 하는 텃밭농부는 어릴 때 채소 맛과 다 자란 뒤의 맛을 두루 즐길 수 있다. 대규모로 한꺼번에 규격에 맞게 생산하고 출하하는 전업농가의 채소에서는 맛볼 수 없는 특별함이다.

모든 식물은 일정 기간 동안 일정한 온도와 햇빛을 받아야 단계별로 자라고 결실을 맺는다. 감자는 적산온도가 1,000도 이상 되어야 수확할 수 있고, 보리는 1,600도 이상, 옥수수는 1,700도 이상, 콩과 벼는 2,500도 이상, 만생종 벼는 3,500도 이상 되어야 추수할 수 있다. 적산온도가 낮을수록 서늘할 때 재배할 수 있다. 또한 적산온도가 높을

수록 열량이 많다는 의미이며, 작물을 재배하는 기간도 그만큼 길어진다는 의미다.

여름철 햇빛이 강할 때는 짧은 시간에 필요한 적산온도나 햇빛 양을 채울 수 있지만, 가을로 접어들면 햇빛이 약하고 기온이 낮아져 적산온도를 축적하고 햇빛 양을 채우는 데 훨씬 더 많은 시간이 필요하다. 이처럼 작물을 재배하는 기간이 길어진다는 것은 토지의 단위면적당 생산량이 줄어든다는 의미다.

토마토는 대표적인 중일식물로 장일식물이나 단일식물처럼 해 길이에 큰 영향을 받지 않는다. 일정한 크기가 되면 꽃이 피고 열매를 맺는데, 기온이 어느 정도 유지되는 한 계속 키가 자라면서 꽃이 피고 열매를 맺는다.

그러나 토마토 화분 발아에 적합한 온도는 20-30도, 과실 착과에 가장 유리한 온모는 30도 정도다. 여름 재배에 적합한 셈이다. 한여름이 지나면 일반 토마토는 좀처럼 익지 않는다. 줄기와 가지가 자라면서 계속 꽃이 피고 열매가 달리지만 익지 않는 것이다. 그래서 노지에서 토마토를 재배하는 전업농부는 대체로 8월 말-9월 초가 되면 토마토를 뽑아 내고 다른 농사를 준비한다. 열매는 계속 달리지만 잘 익지 않으니 밭의 단위면적당 이용 효율을 높이고 수익을 극대화하려면 어쩔 수 없다.

일반 큰 토마토에 비해 적산온도가 다소 낮은 방울토마 토 역시 9월로 접어들면 완전히 익는 데 상당한 기간이 걸 린다. 한창 햇빛이 좋은 여름에 비해 2-3배의 기간이 필요 하다. 그래서 대부분의 농가에서는 9월 중순이면 방울토마 토를 뽑아 내고 다른 작물을 심는다. 5월 초에 토마토 모종 을 밭에 내다 심고, 이르면 6월 하순이나 7월 초부터 수확 한다고 해도 9월 초면 농사를 끝내는 것이다.

그러나 텃밭농부는 7월 초부터 방울토마토를 수확하 기 시작해, 남부지방에서는 길게는 11월 중순까지도 수확 할 수 있다. 짧게 수확해도 10월 말까지는 수확할 수 있다. 물론 이때 수확할 수 있는 양은 8월 한창 때의 10퍼센트에 도 미치지 않는다.

전업농부라면 뿌리째 뽑아 내는 것이 경제적으로 현 명하다. 그러나 자가소비, 이웃나눔을 목표로 하는 텃밭농 부는 수확량이 적다고 뽑아 내지 않는다. 텃밭에 토마토를 10포기 정도 심어 두면 한여름에는 매주 10킬로그램 정도, 10월 하순에도 매주 1킬로그램 정도는 수확할 수 있다. 그 정도 양이면 4인 가족이 매일 충분한 양의 토마토를 먹을 수 있다.

한여름에 토마토가 많이 나올 때는 더 많이 먹고, 이웃 에게 나누어 주고, 수확량이 줄어드는 10월 이후에는 자기

가족이 먹는다고 생각하면 된다. 이렇게 하면 건강에 좋기로 이름난 토마토를 일 년 중 4-5개월 동안 실컷 먹을 수 있다.

무농약 세파농법으로 재배한 토마토

나의 텃밭재배 방식을 '세파농법'世波農法이라고 스스로 이름 지었다. 어떤 사람들은 나와 비슷한 농법을 '게으른 농법', '방치농법'이라고 부르기도 하는데, 다 비슷한 말일 것이다.

세파농법은 말 그대로 자연의 거친 환경에 최대한 작물을 노출해 재배하는 방식을 말한다. 파도처럼 밀려오는 어려움과 세상사의 거친 바람을 겪으며 성장한 사람이 여러 가지 이야깃거리를 가지고 웬만한 어려움에도 굴복하지 않듯이, 작물 역시 때맞춰 물을 주고 거름을 주고 비닐멀칭을 해서 온습도의 변화가 거의 없는 완전한 조건을 만들어 주기보다는 세파에 시달리도록 내버려 두면 훨씬 좋은 맛을 낸다는 데서 그렇게 이름 지었다.

때맞춰 물을 주고 거름을 준 작물, 비닐멀칭을 하거나 가온, 보온, 저온 시설을 갖추고 재배한 작물은 모양과 크기는 좋지만 맛은 떨어진다. 또 물을 자주 주면 작물체는 뿌리를 깊이 내리려는 노력을 하지 않고 위에서 주는 물에 의존한다. 땅속 깊은 곳으로 뿌리를 내려야 비바람에 넘어지는 경우도 덜하고 땅속의 무기물을 빨아들이기에도 유리하지만, 물을 자주 줌으로써 식물체의 자체 노력은 미미해지고 사람이 일일이 돌봐 주어야 하는 상황이 되고 만다. 자연히 비료와 농약 투입이 많아질 수밖에 없다. 이렇게 키운 작물은 크기와 빛깔이 일정하지만 그만큼 허약하고 농약에 많이 노출될 수밖에 없다.

이에 반해 내가 키우는 작물은 크기가 다소간 들쑥날쑥하지만 훨씬 맛있고 영양가도 높다. 판매를 목적으로 하는 전업농부라면 그렇게 기를 수는 없다. 전체 재배작물 중 10퍼센트라도 제대로 모양이 나지 않거나 죽어 버리면 손해가 크기 때문이다.

나는 해마다 토마토를 재배하는데, 모종을 밭에 옮겨 심을 때 외에는 물을 주지 않는다. 모종을 옮겨 심을 때도 가급적이면 비가 온 다음 날 모종을 심거나, 다음 날 비가 내린다는 일기예보를 확인하고 모종을 심어 일부러 물을 주지 않으려고 애를 쓴다. 물론 비를 기다리다가 모종 낼 시기를 놓치겠다는 판단이 들 때는 불가피하게 물을 퍼다 나르며 모종을 심는다.

모종이 아니라 씨앗을 직파하는 경우에는 물을 주지 않는다(나는 작물의 종류를 막론하고 씨앗을 직파할 때는 물을 주지 않는다). 흔히 씨앗을 뿌린 뒤에 물을 주어야 싹이 잘 난다고 알고 있지만, 물을 주면 작물은 허약해진다.

물론 씨앗이 싹 트는 데는 반드시 물이 필요하다. 그러나 한 달 이상 비가 내리지 않아 땅이 바싹 마른 상태가 아니라면 파종할 때 일부러 물을 주지 않아도 된다. 땅속에 있는 습기만으로도 씨앗은 충분히 뿌리를 내리고 싹을 낼 수 있다. 질척질척한 정도가 아니라 손으로 땅속 흙을 만졌을 때 손에 흙이 묻어나지 않을 정도의 부슬부슬한 습기만으로도 충분하다.

씨앗이 싹 틀 때는 뿌리가 먼저 나온 뒤에 싹이 난다. 뿌리를 먼저 내려 땅속 수분을 빨아들여 싹을 틔우는 것이다. 그러나 물을 줘 버리면 싹이 먼저 나오거나 싹과 뿌리가 거의 동시에 나온다. 뿌리를 내리지도 않은 상태에서 싹이 먼저 나오면 싹이 썩어 버리거나 약해진다. 가뭄이 심하지 않다면 파종할 때 일부러 물을 주지 않아야 식물체가 뿌리를 깊이 내리고 튼튼해지는 것이다.

"씨앗을 뿌린 직후에 비가 내리면 그해에 가뭄이 든다"

는 말이 있다. 씨 뿌린 직후나 다음 날 비가 내리면 가뭄이 든다는 말은, 실제로 그해에 비가 귀하다는 말은 아니다. 씨앗을 뿌린 뒤에 바로 비가 오면 뿌리가 제대로 나기도 전에 싹이 나거나, 비를 믿고 식물이 뿌리를 깊이 내리지 않아 가뭄을 쉽게 탄다는 말이다.

한국의 5월은 비가 드물다. 심하면 3-4주 동안 비가 내리지 않는 해도 있다. 그래도 나는 토마토 모종에 물을 따로 주지는 않는다. 토마토는 비교적 건조에 강한 작물이다. 1주마다 한 번씩 물을 주면 무척 잘 자라는데, 일단 뿌리를 내린 다음에는 2-3주 동안 물을 주지 않아도 말라 죽지 않는다. 잎과 가지가 축 늘어져서 곧 죽을 것처럼 보여도 비가 오면 금방 생기를 찾고 쑥쑥 자란다.

이렇게 재배한 토마토는 각별한 맛을 낸다. 때맞춰 물을 주고 빨리빨리 키워 낸 토마토에 비해 훨씬 진한 맛을 낸다. 그렇다고 세파농법이 손 놓고 있어도 된다는 말은 아니다. 토마토는 건조에 비교적 강하지만 무성하게 나오는 곁가지를 제거하지 않으면 통풍이 나빠 각종 질병에 시달리기 쉽다. 그렇게 되면 농약을 써야 한다. 이를 예방하기 위해 나는 부지런히 토마토 곁가지를 제거해 준다. 곁가지를 그대로 두면 토마토 열매 크기가 작아지고, 통풍이 되지 않아 질병이 발생하기 쉽고, 햇빛이 잘 들지 않아 열매와 잎이 햇빛을 충분히 받지 못한다.

내가 말하는 세파농법이란 재배하는 작물에 비료와 물을 많이 주어 더 빨리, 더 크게 자라도록 하지 않는다는 의미일 뿐 손 놓고 방치한다는 의미는 아니다. 세파농법은 다소 힘들게, 또 더디게 자람으로써 작물 고유의 맛을 내고, 햇빛을 더 많이 품도록 하자는 것이다.

내가 무농약 세파농법으로 재배한 토마토를 먹어본 지인들은 '세상에서 가장 맛있는 토마토'라고 입을 모은다. 서동훈 대구미래대 교수는 "50년 이상 세상을 살면서 이렇게 맛있는 토마토는 처음 먹어 보았다"고 말한다. 내 토마토 맛에 반해 그는 이듬해부터 내가 알려 준 방식으로 토마토를 재배하기 시작해 맛있는 토마토를 실컷 먹는 호사를 누리고 있다.

나와 마찬가지로 세파농법으로 토마토를 재배하는 그는 "시중에서 판매하는 것과는 전혀 다른, 진짜 맛있는 토마토를 길러 낼 수 있었다"고 자랑이 대단하다. 만약 그가 더 빨리, 더 많이 재배하고 판매해서 이익을 내겠다고 생각했다면 세파농법을 적용할 수는 없었을 것이다. 그랬다면 토마토의 진짜 맛을 즐길 기회를 얻지 못했을 것이다.

대구의 대표적 입시학원인 지성학원 윤일현 이사장은 내가 재배한 방울토마토를 먹어 본 뒤 "입 배리 났다"● 며

● '버리다'는 가지고 있던 것을 버리다, 주의하거나 돌보지 않아 못 쓰게 망쳐 놓았다는 등의 의미가 있다. '배리 났다'는 '망치고 말았다'는 경상도 방언으로, 여기서는 '입맛을 전혀 엉뚱하게 만들어 놓아 이제 다른 토마토는 못 먹게 됐다'는 의미다.

앞으로도 토마토는 책임지라고 말한다. 내가 그처럼 맛있는 토마토를 재배할 수 있는 것은 판매를 위한 대량생산, 조기 생산이 아니라 제철에, 제 속도로, 어떤 보조장치 없이, 가능한 한 자연에 노출하며 길렀기 때문이다. 물론 그 때문에 크기나 모양, 생산량은 '완벽한 조건'을 제공하는 전업농부의 토마토에 비해 못하다.

'달구벌 아트센터, 달'의 박미영 관장은 독신이다. 그녀는 혼자 생활하기 때문에 집에서 밥은 물론이고 다른 요리도 거의 하지 않는다. 거의 대부분의 식사를 밖에서 해결하고, 집에서는 거의 먹지 않는다고 한다. 박 관장에게는 시래기도, 무도, 배추도 필요가 없다. 그런 박 관장도 내 토마토에는 욕심을 낸다. 자꾸만 손이 가기 때문에 냉장고에 남아 있을 틈이 없다고 한다.

밭에서 충분히 붉게 익은 토마토를 맛보면, 저절로 손이 갈 수밖에 없다. 토마토가 건강에 좋으니 많이 먹으라고 권유할 필요가 없다. 맛이 있으니 저절로 많이 먹게 된다. 이 역시 대량생산을 위해 거름과 물을 흠뻑 주고 키운 관행 농법에서는 기대하기 어려운 가치인 셈이다.

세파농법은 토마토에만 적용되는 것이 아니다. 거의 모든 작물에 세파농법을 적용할 수 있다.

가령 상추는 비가 한 번 오고 나면 눈에 띄게 쑥쑥 자란다. 상추나 쑥갓, 얼갈이배추 등 잎채소는 물을 주면 쑥쑥 자라지만 그만큼 맛이 떨어진다.

전문농가에서는 빨리 크게 키우기 위해 물과 비료를 주기적으로 일정량씩 공급한다. 나는 텃밭에서 상추를 재배할 때 일부 면적에는 물을 1주일에 한 번쯤 줘서 빨리 자라게 하지만, 다른 쪽에는 물을 주지 않는다. 오직 드물게 내리는 빗물만으로 자라게 내버려 둔다.

물을 자주 준 곳의 상추는 파종하고 3주만 지나면 먼저 자란 포기부터 솎아 먹을 수 있다. 그러나 물을 주지 않은 쪽은 6주가 지나도 아직 솎을 만한 게 나오지 않는다. 그렇게 먼저 자란 포기를 솎아 먹는 동안, 물을 주지 않은 밭의 상추는 6월이 되어야 먹을 만한 것이 나오기 시작한다. 그러나 이렇게 느리게 자란 상추의 맛은 각별하다. 시장에서 파는 상추는 잎이 크지만 흐물흐물하고, 내가 재배한 상추는 조금 질긴 느낌과 함께 상추 고유의 향을 선사한다.

내가 세파농법으로 키운 상추를 본 사람들은 "대체 이게 뭐예요? 상추 같기는 한데?"라고 묻는다. 맛을 보고 나면 너도나도 조금 더 달라고 야단이다. 그만큼 진한 맛을 낸다. 자람이 더딘 만큼 햇빛을 많이 받기 때문이다.

모든 작물을 세파농법으로 재배하면 자람이 더디므로 키우는 재미가 덜하다. 따라서 전체 상추 중 일부는 물을 때

맞춰 주어 일찍부터 수확하는 즐거움을 누리고, 일부는 물을 주지 말고 재배해 향이 진하고 질긴 상추를 키워 보는 것도 좋다. 그래야 조금씩 자주, 일찍부터, 오래 수확할 수 있다.

텃밭이 가져다준 선물

'겨울 꽃' 시래기

겨울에 농사를 짓기 어려운 옛날 한국인은 김장김치와 무시래기를 먹음으로써 겨울철에 비타민과 섬유질을 섭취해 왔다. 늦가을에 수확해 겨울 찬바람에 말린 무시래기는 오랫동안 보관하면서 된장국에도 넣고, 무시래기 국으로도 만들고, 무침으로 또 볶음으로도 이용할 수 있는 훌륭한 식재료였다.

요즘은 겨울에도 파릇파릇한 채소가 시장에 나오고, 저장기술이 발달해 한겨울에도 싱싱한 잎채소를 얼마든지 구할 수 있지만, 한국인은 무시래기를 여전히 좋아한다. 무시래기가 파릇파릇한 채소와는 다른 각별한 맛을 내기 때문이다.

무시래기는 무청을 말린 것을 말하는데, 말리는 과정에서 원래 무나 무청이 갖고 있던 것보다 더 많은 식이섬유와 칼슘 등 영양분을 지니게 된다. 단순히 오래 보관하는 저장법이 아니라 영양가 또한 높아지는 것이다.

한국식품연구원 김영진 박사팀은 무시래기에는 간암을 억제하는 효능이 있을 뿐만 아니라 식이섬유와 칼슘, 철이 많이 들어 있어 골다공증과 빈혈 예방에 좋고, 당뇨나 고혈압으로 고생하는 사람에게도 좋다고 밝혔다. 특히 비타민 A와 비타민 C는 피로회복과 눈 건강에도 도움이 된다.

무시래기는 한국인이 유난히 좋아하고, 값도 원래 무나 무청에 비해 비싼 편이다. 그래서 무 뿌리가 아니라 시래기를 주 수입원으로 농사를 짓는 농가도 많다.

12월이나 1월 겨울 추위가 한창일 때, 나는 지인들에게 내가 재배하고 말린 무시래기를 나누어 준다. 내 무시래기를 받아 든 사람들은 그야말로 환호 일색이다. 무시래기를 좋아하기 때문이기도 하지만, 시중에서 판매하는 유기농 무시래기와 달리 내 무시래기는 보기에도 매우 깔끔하기 때문이다.

시중에서 판매하는 무시래기는 대량으로 생산해 비닐하우스 안이나 노지에서 말린 것들이다. 무청은 말리는 과정에서 햇빛을 직접 받으면 잎의 녹색이 바래고 무청이 희

끗희끗해진다. 또 어마어마한 면적에서 어마어마한 양의 무청을 걸고 내리느라 농민들은 어쩔 수 없이 재빠르게 손을 놀려야 하고, 그 과정에서 바싹 마른 무청은 떨어져 나가 볼품없어지는 경우가 많다.

또 많은 양을 한꺼번에 걸어 말리느라 재배하는 과정에서 잎줄기 색깔이 바랜 것들을 정리하지 않은 채 말리기 때문에 완전히 말리고 나면 그야말로 볼품없는 색을 띠기도 한다. 워낙 바싹 마른 상태라 운반하는 과정에서 부서지는 것도 부지기수다.

나는 무청을 걸 때, 마른 무시래기를 내릴 때, 운반할 때 보물 다루듯 신중하게 손을 놀린다. 단순히 겨울철 별미라는 생각을 넘어 친구들에게 선사하는 '겨울 밭의 선물'이라고 생각하기 때문이다.

무청을 걸 때도 마찬가지다. 상한 잎줄기를 잘라 내고, 묻은 흙은 털어 낸다. 또한 보통의 농부들처럼 넓은 면적에 많은 양을 걸어 말리지 않는다. 비를 맞지 않는 곳에, 통풍이 잘 되도록 두 줄 이상을 걸지 않는다. 매서운 겨울바람이 잘 들어야 무청의 수분이 빨리 날아가고 바싹 잘 마르기 때문이다. 무청의 빛이 바래지 않도록 햇빛 가림을 하되, 햇빛을 완전히 가리지는 않고 4면 중 2면을 틔워 놓는다. 햇빛을 완전히 차단해 버리면 마르는 동안 영양분이 축적되지 않기 때문이다.

정성을 다해 말리고 정성을 다해 걷은 만큼 내 무청은 시중에 판매하는 어떤 무청보다 예쁘다. 내 친구들은 이를 '겨울 꽃'이라고 부른다. 그야말로 말린 꽃처럼 잎줄기 모양이 그대로 살아 있다. 대량생산과 대량판매로 얻는 수입을 생각한다면 결코 할 수 없는 방식이다. 공장식 농가에서 생산한 무시래기가 아니라 수제품 무시래기인 셈이다.

무시래기를 나누어 주기 전에 나는 무를 수확해 친구들에게 나누어 준다. 비교적 큰 것은 수확하자마자 나누어 주고, 좀 작은 것은 큰 무보다 저장성이 뛰어나므로 땅속에 묻어 두었다가 이른 봄에 나누어 준다. 12월 초에 커다란 무를 열 개씩 나누어 주면 친구들은 이듬해 2월 말까지 가정에서 필요한 만큼 무를 먹을 수 있다. 그리고 이듬해 3월이면 겨우내 땅속에 묻어 둔 무를 꺼내 친구들과 나눈다. 옛날 방식으로 땅속에 묻어 저장한 무는 창고에서 저장한 무보다 수분 함량이 많고, 시든 기색이 거의 없다. 다만 일손이 많이 갈 뿐이다. 이 역시 대량생산과 대량판매를 목적으로 하지 않고 나눔을 목적으로 하는 소량생산이기 때문에 가능하다.

이 과정에서 내가 얻는 행복, 친구들이 얻는 기쁨, 우리가 함께 공유하는 이야기와 즐거움은 돈으로는 사기 힘든

것이다. 김장배추와 무를 나누고, 김장을 하고, 무시래기를
나누는 과정에서 우리는 밭일에 대해, 반찬 만들기에 대해,
자식들의 채소 먹는 습관에 대해 많은 이야기를 나눈다. 김
장과는 거리가 멀어 보이는 대학교수, 패션 디자이너, 기자,
예술 기획자, 조각가 들이 그런 이야기를 나누며 갈탄과 나
무 조각으로 뜨뜻해진 난로 앞에서 군고구마를 까먹는다.

텃밭 가꾸기로 달라진 요리시간

나는 일찍이 반찬 만들기에 관심이 없었다. 때때로 라
면을 끓이거나 밥을 짓는 정도 외에 반찬이라고는 만들어
본 적이 없다. 그러나 텃밭을 가꾸기 시작하면서부터 고추
장아찌를 담고, 파김치를 담근다. 각종 양념과 깻잎을 버무
려 양념 깻잎을 만들고, 무와 콩나물을 넣고 시원한 국을 끓
여 내고, 근대를 듬뿍 넣고 된장국을 끓이기도 한다. 감자
국을 끓이고, 무를 채 썰어 나물로 무치고, 옥수수를 가장
맛있게 삶기 위해 갖가지 방법을 고민해 보기도 한다. 시래
기와 우거지를 삶아 된장에 무치고, 멸치 우려낸 물에 된장
을 풀고 봄동을 찢어 넣어 국을 끓이기도 한다.

알 크기가 작아 껍질 벗기기가 불편한 감자만 따로 모
아 프라이팬에 구운 다음 차가운 물에 갑자기 담갔다가 건

지면 껍질을 벗기기가 훨씬 수월하다는 것도 경험을 통해 알아냈다. 그런 방식으로 알이 작은 감자를 요리하면 뜨거운 감자의 맛은 그대로 유지하면서 껍질을 벗기는 일은 훨씬 쉬워진다. 단단해서 자르기 힘든 맷돌호박은 깨끗이 씻은 다음 커다란 찜통에 넣어 살짝 훈증하면 칼이 아주 잘 들어간다는 것도 안다.

포도를 으깨 잼을 만들고, 봄에는 참죽나물(가죽나물)을 뜯어 가죽 장아찌를 담가 친구들에게 나누어 주기도 한다. 다양한 분야의 책을 읽었지만, 요리에 관한 책을 읽게 된 것은 순전히 텃밭을 가꾸기 시작한 덕분이다.

뿐만 아니다. 좀더 쓰기 유용하도록 농기구를 변형하거나 수리하는 일도 하게 됐다. 인터넷의 정보를 참고해 내가 만든 호미는 쪼그려 앉는 대신 선 채로 밭을 맬 수 있는 장비다. 이 호미를 사용하면 허리가 덜 아프고, 무릎과 허벅지도 훨씬 덜 아프다. 게다가 밭을 매는 데 드는 시간은 훨씬 단축된다. 텃밭 가꾸기를 하지 않았더라면 생각하지도 않았을 일을 하는 것이다.

평소에 책을 읽고, 글을 쓰고, 사람을 만나는 일 외에는 거의 해 본 일이 없는 내가 텃밭을 가꾸기 시작한 덕분에 여러 가지 반찬을 만들고, 도구 제작이라는 영역으로 생활을 넓힌 것이다. 철저하게 대량생산과 대량소비 방식의 '머니 자본주의'에 입각해 살아온 내가 텃밭을 가꾸면서 '서툴지만 직접 만드는 쪽'으로 생각과 행동의 폭을 넓게 됐다.

패션 디자이너 김건이 씨는 내 텃밭채소 소비자 중 한 사람이다. 그녀는 세 아이의 엄마인데 40세가 될 때까지 김장을 담가 본 적이 없다고 한다. 워낙 패션쇼와 외국 출장이 잦아 집안일을 할 여유가 거의 없는, 그야말로 커리어우먼이다. 자신의 전문분야 외에는 관심을 기울일 마음의 여유도, 시간적 여유도 없었다.

그러나 친구인 내가 재배해서 나누어 준 배추로 2014년과 2015년, 2016년에 김장을 했다. 친구가 애써 재배한 채소를 받아서 버릴 수는 없었기 때문이다. 무농약으로 재배한 채소이니 시장에서 구입하는 김치나 채소에 비해 건강에도 훨씬 좋을 것이라는 믿음도 그녀를 김장에 도전하게 하는 큰 힘이었다. 김건이 씨는 2014년 첫 번째 김장을 해서 온 가족을 놀라게 했고, 2015년에는 앞선 경험을 통해 더 맛있는 김장김치를 담글 방법을 고민하느라 즐거운 시간을 보냈다고 한다.

2016년 그녀는 태어나서 처음으로 근대를 넣은 된장국을 끓였고, 총각무 김치를 담갔다고 했다. 일부러 시장에 가서 야채를 구입했다면 결코 그런 반찬을 만들지는 않았을 것이다. 그녀가 어렵게 시간을 짜 내 여러 가지 반찬을 직접 만들고, 가족들과 둘러앉아 식사를 하게 된 계기는 친구인 내가 가꾼 채소를 건네줬기 때문일 것이다. 이처럼 텃밭농사를 지었을 뿐인데, 여기저기서 변화가 감지된다.

텃밭농부 320명을 대상으로 실시한 설문조사에서도 비슷한 결과를 얻을 수 있었다. 텃밭을 가꾸기 전과 비교했을 때, 텃밭을 가꾸기 시작한 뒤로 요리시간이 어떻게 달라졌는지 묻는 설문에 응답자 중 62퍼센트가 "요리시간이 늘었다"고 답했다. 변화가 없다고 답한 사람은 32퍼센트, 오히려 줄었다고 답한 사람은 3.1퍼센트였다.

값으로 매길 수 없는 행복

대구 수성구에서 유명한 입시학원인 지성학원의 윤일현 이사장은 내가 기른 채소를 즐겨 먹는 사람이다. 텃밭에서 일을 마치고 집으로 돌아가는 길에 나는 종종 지성학원에 들러 수확한 채소를 맡겨 둔다. 일부러 약속을 하고 찾아가는 것은 아니고, 그가 자리에 있든 없든 종종 학원에 들러 수확한 채소를 맡겨 두고 온다.

윤 이사장은 입시라는 치열한 전장에서 생활하는 사람이지만, 그의 생활방식이나 교육철학은 전쟁이라고까지 부르는 입시와는 거리가 있다. 그는 매월 학부모들을 대상으로 철학과 인문학 강의를 한다.

이미 10년쯤 전 이야기인데, 대입수능을 코앞에 두고 있던 자신의 아들과 딸에게 "즐거운 악기 연주를 포기하지 말라"고 했다. 공부만 하는 기계가 되지 말라며 고등학교 시절 내내 자식들에게 악기와 동양철학을 배우도록 권유했고, 그 자신도 기타를 치며 노래하고 시를 읊조린다. 그는 목표와 수단의 전도를 거부할 뿐만 아니라, 과정이 목표를 향한 수단으로 치부되는 것을 경계한다.

"고3은 사람이 아니냐? 고3이 공부하는 기계냐? 재수생은 종일 교실에 틀어박혀 공부만 해야 하나? 그렇게 죽도록 공부하고 시험 잘 쳐서 뭐 하려고?"라고 되묻는 사람이다. 오죽하면 그의 장성한 아들과 딸은 초등학교 3학년이 될 때까지 한글을 제대로 몰라 학교에서 받아쓰기 시험만 쳤다 하면 낙제점을 받았다. 그래도 그는 걱정하지 않았고, 그의 아들과 딸은 제 앞가림 잘하는 유쾌하고 반듯한 청년으로 성장했다.

윤일현 선생님은 내가 가꾼 채소를 유난히 좋아한다 (사실 나는 그를 부를 때 이사장이 아니라 늘 선생님이라고 부른다). 그는 내가 재배한 토마토를 '세상에서 가장 맛있는 토마토'라고 말하는데, 그 맛의 비결이 자연에 가깝게 재배한 덕분이라는 것을 안다. 내가 재배하는 토마토는 충분히 햇빛을 받게 하고 퇴비를 넣을 뿐, 가물다고 물을 주거나 생육이 부진해 보인다고 비료를 주지 않음으로써 당도나 단단함이 시중에서 파는 토마토와 비교할 수 없다.

윤 선생님은 내가 토마토를 나누어 드릴 때마다 그중 일부를 따로 떼어 서울에 사는 딸에게 들고 간다. 세상에서 가장 맛있는 토마토를 맛보여 주고 싶다는 것이 이유의 전부다. 사랑하는 딸을 보고 싶은 마음에 토마토를 들고 서울로 가는 것이지만, 그 토마토가 아니라면 2주에 한 번씩 일부러 딸을 만나러 가기는 쉽지 않을 것이다.

윤 선생님이 아내와 함께 서울까지 KTX를 타고 가는 데 드는 비용을 고려하거나, 그가 시간당 얼마나 비싼 강의료를 받는 사람인지 등을 고려한다면 토마토 한 봉지는 그야말로 아무것도 아니라고 할 수 있다. 적어도 화폐가치로 계산한다면 손해도 그런 손해가 없다. 그러나 값으로 치면 몇천 원밖에 안 될 토마토를 핑계로 윤 선생님 내외와 그의 딸은 값으로 매길 수 없는 행복을 새롭게 만들어 낸다. 딸 입장에서는 아버지가 가지고 온 토마토 맛도 일품이지만, 아버지와 어머니의 따뜻한 사랑이 담긴 최고로 맛있는 토마토를 먹는 것이다.

텃밭에서 토마토를 기르고 그것을 나누었을 뿐인데, 윤

일현 선생님과 그의 가족은 돈으로는 살 수 없는 행복을 맛보고, 나 역시 돈으로 얻기 힘든 만족과 행복을 얻게 된다. 그가 토마토를 딸한테 전해 주기 위해 서울에 다녀왔다는 말을 내게 들려줄 때면 나는 정말로 행복해진다. 내가 재배한 토마토가 그처럼 멋진 일을 시작하는 단초가 되었으니 말이다. 그야말로 작은 텃밭을 가꿀 뿐인데, 온갖 즐거운 일이 다 생기는 것이다.

순환생활로 자연보호
` ` ` ` ` ` ` ` ` `

　도시인들이 집 근처에 작은 텃밭을 가꾸면 음식물 쓰레기를 현저하게 줄일 수 있다. 야채나 과일, 육류는 조미하는 과정에서 소금이 들어가게 마련이다. 그러나 설거지할 때 물로 씻기 때문에 소금기는 거의 대부분 빠진다. 그래도 일단 조미한 음식에는 소금기가 남아 있지만 퇴비화하는 데별 문제가 없다. 일반적으로 음식물 쓰레기로 퇴비를 만들려면 염분이 2퍼센트 이하여야 하는데, 개수대에서 그릇을 씻는 동안 흐르는 물에 씻긴 음식물 쓰레기의 염분 농도는 1퍼센트 이하로 떨어진다.

　조금 남은 소금기와 설탕 성분은 훌륭한 미네랄이 되어 미생물이 번식하는 데 도움이 된다. 그렇다고 음식물 찌꺼기를 흐르는 물에 씻지 않으면 곤란하다. 조미한 음식물에는 소금기(약 4퍼센트)와 당분이 남아 있기 때문에 그대로 퇴비화할 경우 토양을 오염시키고, 작물을 죽게 할 수도 있다.

설거지하는 동안 자연스럽게 씻은 음식물 쓰레기를 밭 한쪽에 묻어 두기만 하면 훌륭한 퇴비가 된다. 음식물 쓰레기 한 줌에 흙 한 줌씩 뿌려 주면 된다. 여기에 수분 조절과 탄질비를 맞추기 위해 톱밥을 한 줌씩 얹어 줄 수 있다면 금상첨화다. 톱밥을 구하기 힘들다면 음식물 쓰레기와 커피 찌꺼기를 섞어 묻어 두면 아주 질 좋은 퇴비를 얻을 수 있다. 여기에 미생물 발효액이라도 조금 뿌려 주면 그야말로 최고 품질의 퇴비가 나온다.

집에서 나오는 음식물 쓰레기만 모아도 한 가정이 33제곱미터(10평) 정도의 텃밭을 가꾸는 데 충분한 퇴비를 확보할 수 있다. 집에서는 음식물 쓰레기를 줄일 수 있고 밭에서는 퇴비를 확보할 수 있으니, 그야말로 입체적인 순환생활이 가능한 셈이다.

음식물 쓰레기를 흙과 섞어 퇴비로 만드는 데는 일정한 시간이 필요하다. 겨울철에는 6개월, 기온이 높은 여름철에는 2개월, 봄과 가을에는 3-4개월이면 된다.

2014년 기준 우리나라 음식물 쓰레기 처리 비용은 연간 1조 원이 넘는다. 버려지는 음식물 쓰레기를 식량으로 환산할 경우 20조 원 이상의 손실이 발생한다. 대량으로 생산하고 대량으로 소비하고, 전문적으로 처리하는 구조에서는 이처럼 큰 비용을 투입해야 한다.

집집마다 텃밭을 가꾸며 음식물 쓰레기로 퇴비를 만들어 쓰기만 해도 쓰레기 처리 비용은 물론, 농가에서 채소를 재배하느라 투입하는 농약 사용량도 대폭 줄일 수 있다.

2

호미 하나로 짓는
텃밭농사

친환경 농업의 적자嫡子 농약

친환경 농업은 땅과 물, 곤충과 미생물을 살리면서도 농가의 생산성을 높이고 소비자의 건강을 지키자는 목적으로 시작됐다. 농민은 건강하고 안전한 먹을거리를 생산해 제값에 판매하고, 친환경 인증 기관이 이를 보증함으로써 소비자는 안심하고 농산물을 구입할 수 있도록 하려는 것이다. 자연과 사람을 지키는 동시에 돈도 많이 버는 농업, 지속 가능하고 환경 친화적인 농업을 확산하자는 정책이다.

친환경 농업의 취지는 좋으나 우리나라는 아직 갈 길이 멀다.

우리나라는 1997년 12월 13일 법률 제5442호로 '친환경농업육성법'을 제정했다. 이 법에 따르면 농림수산식품부 장관은 5년마다 친환경 농업 육성 계획을, 시·도지사는 실천 계획을 수립·시행해야 한다. 농림수산식품부 장관은 친환경 농업 육성과 소비자 보호를 위해 인증 기관을 지정하고, 친환경 농산물임을 인증할 수 있도록 했다.

농림수산식품부 장관이나 지방자치단체의 장長은 친환경 농산물 생산자, 생산자 단체와 유통업자, 인증 기관에 필요한 지원을 할 수 있다. 이에 따라 매년 정부의 친환경 육성 지원금, 각 지방자치단체의 보조금 등이 투입되어 왔다. 또 농림수산식품부 장관은 공공 기관·농업 관련 단체장 등에게 친환경 농산물을 우선 구매하도록 요청할 수 있도록 해 친환경 농산물이 제값에 팔리도록 지원하고 있다.

거짓 친환경 인증서

1997년 친환경 인증제를 시행한 이래 우리 정부는 매년 4,000억 원이 넘는 예산을 친환경 농업 육성에 투입했고, 각 지방자치단체는 그보다 훨씬 많은 보조금을 투입해 농가를 지원해 왔다. 그 결과 1990년대 후반에 비해 2016년 기준 인증 면적은 240배 이상, 인증 농가는 100배 이상 늘어났다.

그 과정에서 기상천외한 비리가 생겨났다. '가짜 친환경 인증서'가 남발되는가 하면, 문서 위조, 거짓 농약검사,

거짓 시비검사 등으로 친환경 사기 범죄가 속출했다. 거짓 친환경 농부로 밝혀져 징역을 산 농민도 있다.

『KBS 파노라마』가 2014년 7월 방영한 「친환경 유기 농의 진실 — 가짜 인증이 덫」에 따르면 농민은 친환경 농업을 신청하지도 않았는데, 친환경 농가로 등록돼 인증 기관과 친환경 자재 판매업자가 보조금을 수령하는 일이 발생했다. 또 인증 기관과 친환경 자재 판매업자, 토양과 농약 사용 유무를 검사하는 분석 기관이 결탁해 리베이트를 주고받으며 존재하지 않는 친환경 농가를 만들어 내기도 했다.

친환경 인증 기관은 실적을 올리기 위해 농민 대신 친환경 자재 판매업자가 써 준 신청서를 바탕으로 토지조사를 하고, 검사비용을 챙겼다. 그리고 검사비용 일부를 건수를 올려 준 친환경 자재 판매업자에게 리베이트로 전달했다.

친환경 자재 판매업자가 농가를 소개하거나 친환경 인증 신청을 대행하고, 신청 건수마다 인증 기관에서 리베이트 받고, 인증 기관은 또 분석 기관에 토양검사 분석을 의뢰하면서 분석 기관에서 리베이트를 받았다.

친환경 농업을 위한 인증이 아니라 관련 기관의 수입을 올리기 위해 '친환경 인증서' 장사를 한 것이다. 지방자치단체 공무원들은 무리하게 설정한 '친환경 인증 농가 실적'에 맞추기 위해 비리가 의심되는데도 인증을 묵인하는가 하면,

일부 지방자치단체 공무원들은 이를 조장하기도 했다. 농사를 짓는 밭에서는 농약과 화학비료를 다 쓰는데도 서류상으로는 친환경인 것처럼 꾸민 것이다.

어떤 지방자치단체는 목표 할당량을 100퍼센트 채우라고 공무원을 닦달했다. 할당량을 채우지 못하면 인사에 반영하겠다고 강압하는 지방자치단체도 있었다. 상황이 그러하니 공무원들은 어쩔 수 없이 편법, 불법을 묵인하거나 조장했다. 원칙대로 해서는 친환경 인증을 받기 어려우니 편법, 불법을 저지른 것이다.

농민들은 손해될 일이 아니라고 하니 시키는 대로 하고, 상황이 어떻게 진행되는지도 모른 채 따라가고, 그러다가 범죄자로 전락했다. 자신이 직접 가짜 인증을 받지는 않았지만, 흘러가는 상황에 적극적으로 저항하지 않았다가 봉변을 당한 것이다. 일부 농부들은 친환경 인증을 받기만 하면 채소를 비싼 값에 팔 수 있다는 유혹에 빠져 적극적으로 '거짓 친환경' 사업에 가담한 경우도 있다.

친환경 인증을 받기 위해서는 친환경 인증 신청서와 3-4년 전부터 친환경 방식으로 농사를 지어 왔음을 기록한 영농일지를 농부가 직접 작성해야 한다. 영농일지는 직접 농사를 짓는 농부가 그때그때 작성하도록 돼 있다.

그러나 전라남도에서는 인증 기관 직원과 친환경 자재

판매업자가 농부의 영농일지 작성을 도와주기도 했다. 농부들을 한자리에 모아 놓고 친환경 인증을 받기 위한 신청서와 모범답안 견본을 제시하고, 빈 칸을 어떻게 채우라고 상세하게 설명해 주었다. 검증 기관이 피검증자를 도운 것이다. 나쁘게 말하면 시험 감독관이 응시자의 답안 작성을 도운 셈이다.

인증 기관과 친환경 자재 판매업자들이 이처럼 열성적으로 친환경 인증을 도운 것은 많은 농부가 친환경 인증을 받아야 각종 보조금과 지원금을 받을 수 있고, 자신들은 실적을 올리고, 친환경 자재를 판매할 수 있기 때문이다.

이렇게 지방자치단체가 친환경 인증에 조직적으로 나선 결과 전라남도는 우수 친환경 지자체로 인정받아 상을 받기도 했다. 2012년 당시 전라남도 지사는 전라남도가 전국 친환경 농업 생산의 60퍼센트를 차지하는 성과를 올렸다고 발표했다.

전라남도는 2013년 친환경 농업 예산으로 약 3,000억 원을 사용했고, 4년간 1조 2,000억 원을 사용했다. 그렇게 생산면적을 늘리고, 생산량을 늘리고, 수익을 극대화하는 과정에서 가짜 인증이 속출했다.

그 결과 전라남도 해남군에서는 친환경 인증을 받을 수 없는 토지로 친환경 인증을 받았다는 이유로 농부 24명이 사기 혐의로 재판을 받았다. 자신의 의도와 무관하게 친환경 인증 중개인의 농간에 하루아침에 사기꾼으로 전락한 것이다. 이윤을 지상 최대의 목표로 삼아 대량생산과 대량소비를 꾀하는 경제에서 친환경은 서자庶子로 밀려나고, 농약과 거짓이 적자嫡子 행세를 한 셈이다.

농약 뿌리고도 '친환경!'

가짜 친환경 인증뿐만 아니라 친환경 인증을 받은 농가가 살충제와 제초제 같은 농약을 사용해 작물을 재배하는 일 역시 비일비재하다. 생산품에 친환경 인증 마크를 붙이고 판매하지만 재배과정에서는 농약과 비료를 모두 쓰는 관행농법과 조금도 다름없는 방식으로 농사를 지은 것이다.

범죄를 저지르고 있지만 좀처럼 드러나지 않기 때문에 스스로 무뎌져서 거리낌 없이 농약을 뿌려 대는 친환경 농가도 있다. 농약 안 치고 재배한 농산물이라고, 마음 놓고 먹어도 된다고 광고 중인 농산물에서도 농약이 검출됐다. 친환경 농가로 인증받은 농가의 창고나 친환경 밭에서 농약이 검출되는 경우도 많았다. 농약을 쓰지 않는 친환경 농가에서 농약이 왜 필요하냐고 물으면, '다른 밭에서 쓰는 약'이라거나 '아주 오래전에 쓴 농약'이라고 어설픈 변명을 했다.

『KBS 파노라마』가 2014년 8월 방영한「친환경 유기농의 진실 ─ 농약의 유혹」에 따르면, 서울 강남, 영등포, 여의도 등의 친환경 전문 매장 5곳에서 유기농산물 81점(유기농 채소 55종, 무농약 채소 26종)을 수거해 검사한 결과 81점 중 30점에서 농약이 검출됐다. 이 검사는 우리나라 농촌진흥청 지정 공인 검사 기관인 서울대 농약화학 및 독성화 실험실에서 실시한 것이다.

나도 친환경 농산물로 판매되는 채소를 구입해 잔류농약 검사를 의뢰한 적이 있다. 농약은 검출되지 않았다. 그야말로 친환경 농사를 지었다고 생각했지만 방송을 보고 나니 그렇지 않을 수도 있다는 생각을 하게 됐다. 검사를 의뢰한 기관의 실험장치가 농약을 제대로 검출할 수 없는 장비일 가능성이 높았기 때문이다.『KBS 파노라마』는 현재 우리나라의 잔류농약 검사장비 다수가 주요 농약을 검출하지 못하는 것으로 확인됐다고 보도했다.

전라남도 해남군은 전국 김장배추의 70퍼센트를 공급하는 유명한 배추 산지다. 해남 배추 70퍼센트가 친환경 인증을 받았다. 그러나 KBS가 취재할 당시 친환경 배추밭에는 농약병, 농약통이 널려 있었다. 친환경 인증을 받았고 보조금을 받고 있지만, 밭에서는 맹독성 제초제 그라목손●도

● 제초제의 일종이다. 그라목손(Gramoxone)이라는 이름으로 널리 알려져 있으며, 한국에서는 '파라코'라는 품목명으로 고시되어 있다. 접촉 즉시 모든 식물을 빠르게 죽이는 효과가 있어 과거에 제초제로 가장 널리 사용되었다. 그러나 사람에 대한 독성이 매우 강하여 현재는 많은 나라에서 생산과 판매가 금지되었다.

나왔다.

친환경 인증 농가의 농부들은 "친환경이라고 해도 농약을 전혀 안 쓸 수는 없다"고 말한다. 농약을 조금은 사용해야 한다는 것이다. 그렇지 않으면 농사를 완전히 망친다고 말한다. 나는 이 점에 대해 농부들의 심정을 이해한다. 농약을 전혀 쓰지 않고 대량으로 채소를 깨끗하게 재배하기란 무척 어렵다.

내가 운영하는 대구도시농부학교가 '호미 하나로 짓는 텃밭'을 슬로건으로 삼은 것은 대량으로 채소를 재배하면서 농약을 쓰지 않기란 매우 어렵다는 것을 절감했기 때문이다. 호미 하나만으로 농사를 지을 수 있을 정도의 작은 면적에 채소를 재배할 때에만 손으로 벌레를 잡고, 천연농약으로 벌레를 쫓고, 이엠EM(Effective Microorganisms, 유용미생물)으로 작물을 보호할 수 있다.

그러나 그런 방식으로 농사를 지으면 화약농약을 쓸 때보다 몇 배의 시간과 노력, 힘이 든다. 그렇게 해도 전업농가처럼 100퍼센트 상품上品을 만들어 내기는 어렵다. 적을 때는 50퍼센트, 많을 때도 70퍼센트 정도밖에 수확할 수 없다. 그것도 같은 작물을 한자리에서 연작하지 않고 자주 작물별 재배 위치를 바꾸어 주고, 각종 천연농약을 사용했을 때 이야기다. 대규모로 농사를 짓는 전업농부가 그렇게 하기는 무척 어렵다.

텃밭농부가 농약을 쓰지 않고도 친환경 농사를 지을 수 있는 것은 텃밭농사의 목표가 100퍼센트 상품을 생산하거나 이를 판매해서 이윤을 남기는 데 있지 않기 때문이다. 작물을 키우는 목적이 다르고, 재배하는 규모가 전업농부와 다르다는 말이다.

친환경 농가 농부들은 "농약을 쓰기는 하지만 그야말로 조금만 쓴다"고 말한다. 말 그대로 농약을 최소한만 쓰는 농부들도 있다. 물론 친환경 인증 농가는 농약을 '조금'이라도 쓰면 안 된다. '무농약 인증' 채소란 농약을 전혀 쓰지 않은 채소라는 증명서고, 소비자들도 그렇게 믿는다.

그런데 친환경 농가에서는 정말 농약을 조금만 쓸까?

KBS가 전라남도 해남에 있는 친환경 인증 농가의 농산물을 수거해 품질검사원에 의뢰해 잔류농약을 검사한 결과 배추 4개 중 2개에서, 검사를 의뢰한 8개 토양 시료 중 모두에서 농약이 검출됐다.

해남군은 KBS의 취재가 시작되자, 농가 교육을 통해 친환경 농사를 지을 수 없는 농가에 친환경 인증을 스스로 포기하도록 권유했다. 그 결과 2013년 1,200-1,300헥타르(1,200만-1,300만 제곱미터)이던 친환경 농가 면적이 2014년에는 10분의 1로 줄어들었다. 그렇게 엄정하게 규정을 적용하면 '친환경 농사 못 짓겠다'고 선언한 것이다.

가짜 친환경 농가는 전라남도 해남에 국한된 문제가 아니다. 전라남도 보성의 감자 밭, 경상북도 고령의 유기농 딸기 농가, 경상남도 남해의 무농약 마늘 농가 등 전국 곳곳에서 친환경 인증을 받고도 농약을 사용한 농가들이 적발됐다. 전국의 모든 친환경 야채를 전수 조사한다면 현실은 상상 이상일 것이라고 짐작할 수 있다.

최근에는 친환경 양계장에서 살충제 성분이 무더기로 검출돼 살충제 달걀 파동이 발생하기도 했다.

경북의 친환경 인증 농가에서 재배한 야채를 서울로 공급하는 한 유통업 종사자에게 물었다.

"친환경 농산물 전수 조사하는 거 맞습니까?"

"100퍼센트 전수 조사합니다. 잘못하다간 사업 망치는데 속이겠습니까?"

그는 확신에 찬 표정으로 말했다.

농산물 유통 담당 공무원과 술자리에 마주앉아 어지간히 취한 뒤에 물었다.

"진짜 전수 조사합니까?"

"잔류농약 검사비용이 얼만데 전수 조사합니까? 하나하나 다 조사하면 친환경 농산물 값이 지금보다 훨씬 비싸져야 합니다."

현재 제도와 비용으로는 잔류농약 전수 조사는 언감생심이라는 말이었다.

농약을 사용했는데 검출되지 않는 경우도 있다. 농약의 자연분해 때문이다. 농약을 살포하더라도 일정 기간(3-4주)이 지나면 농약이 검출되지 않는 경우가 허다하다. 대부분의 친환경 인증 농가에서 농약을 살포하는 것은 이런 허점을 노린 것이다.

실제로 필자가 만난 친환경 인증 농가의 농부 역시 농약을 치고 비가 한두 번만 내리면 잔류농약 걱정은 없다고 말했다. 햇빛과 바람, 빗물에 농약 성분이 다 씻기기 때문이다. 그는 무농약이라고 하지만 실제로 무농약으로 농사짓는 사람은 거의 없다고 말했다. 무농약으로 농사를 지어서는 채소를 재배할 수 없고, 수익을 낼 수 없기 때문이다. 그는 집에서 먹을 정도를 재배하는 것이 아니고, 시장에 내다 팔 만큼 대량으로, 또 보기 좋게 재배해야 하는데 어떻게 농약을 안 치느냐고 반문하기도 했다. 출하하기 한 달 전에만 농약을 살포하지 않으면 검사해도 걸리지 않는다는 말도 덧붙였다.

친환경 인증을 받았지만 실제로는 농약을 사용하는 그 농민은 "사람들이 까다롭게 굴지만 농약을 치고 3-4주만 지나면 농약 성분은 다 날아가고 없다. 남아 있어도 사람 몸에 해로운 수준은 아니다"라며 눈앞에서 자신이 농약을 살포해 재배한 과일을 덥석 깨물어 우적우적 씹어 먹어 보이기도 했다. 잔류농약 검사 자체가 지나친 결벽증이라는 항변이었다.

친환경 인증 농가에서 농약을 사용해도 농약이 검출되지 않는 또 다른 이유는 우리나라 농민들이 가장 많이 사용하는 농약 20개 중 9개는 우리나라 농약 분석대상에서 빠져 있기 때문이다. 농약을 아무리 뿌려도 분석기가 그 농약에 포함된 성분 자체를 인식하지 못한다. 따라서 이를 알고 악용하려고 든다면 마음 놓고 농약을 사용해도 친환경 인증을 받을 수 있다.

내 경험으로 볼 때 농약을 치지 않고 일반적인 전업농부처럼 넓은 면적에 채소를 재배하면서, 해충 피해도 세균 피해도 없는 농사는 불가능하다. 적어도 지금의 농업기술로는 불가능하다. 농부 한 사람이 농약을 치지 않고 재배하면서도 일정 수준 이상의 품질을 갖춘 채소를 키울 수 있는 규모는 500평을 넘지 않는다고 생각한다. 그것도 하루 종일 잠시도 쉬지 않고 그 밭농사에만 매달렸을 때 이야기다.

해충 유인제를 쓰거나 손으로 벌레를 잡고, 집에서 만든 천연 살균제를 사용해서 균을 막는 데는 한계가 있다. 그 중에서도 상품으로 시장에 내놓을 수 있는 양은 70-80퍼센트에 불과할 것이라고 생각한다. 농약을 쓰지 않고 100 퍼센트 상품을 만들어 내는 것은 불가능하다고 확신한다.

대규모 면적에서 친환경 농사를 짓기가 현실적으로 어렵다는 생각은 나 혼자만의 생각은 아니다.

2015년, 2016년 도시에서 텃밭을 가꾸고 있는 사람 320명을 대상으로 설문조사를 실시했다. 320명 중 54퍼센트의 텃밭농부가 '직접 텃밭을 가꾸어 본 결과 현재 시중에서 판매하는 유기농산물에 대해 진짜 유기농임을 믿지 못하겠다'고 답했다. '유기농임을 더 믿게 됐다'는 응답은 전체의 21퍼센트, '예나 지금이나 인식에 변함이 없다'는 응답이 23퍼센트였다.

직접 친환경 방식으로 농사를 지어 보면 시중에서 판매하는 작물처럼 깨끗하게 재배하기가 무척 어렵다는 사실, 특히 대량으로 농사를 지으면서 친환경으로 짓는 것은 거의 불가능에 가깝다는 것을 쉽게 알 수 있다. 아주 작은 면적에서, 최대한 많은 노동력을 투입해 채소농사를 지어 본 사람들조차 유기농으로 농사를 짓기는 무척 어렵다는 것을 설문조사는 보여 준다.

유기농이 어렵지만 대부분의 텃밭농부는 화학농약과 화학비료 대신 천연농약이나 퇴비를 쓴다. 이른바 유기농법으로 농사를 짓는 것이다. 내가 텃밭농부 320명을 대상으

로 설문조사해 본 결과 응답자의 60퍼센트는 화학농약을
전혀 쓰지 않는다고 답했고, 37퍼센트는 최소한 양만 쓴다
고 대답했다. 필요할 때마다 쓴다고 대답한 사람은 2.3퍼센
트에 불과했다.

화학비료를 필요한 만큼 쓴다고 대답한 사람은 응답자
의 8.3퍼센트에 불과했다. 해충을 손으로 직접 잡는다는 사
람은 42퍼센트였고, 천연농약으로 퇴치한다는 사람은 45
퍼센트였다. 해충 퇴치를 위해 화학농약을 사용한다고 답한
사람은 화학비료를 사용한다는 응답자 수와 같은 8.3퍼센
트였다. 대규모로 농사를 짓는 전업농부라면 결코 적용하기
어려운 농사법을 텃밭농부들은 택하고 있는 것이다.

이처럼 텃밭농부가 손으로 직접 해충을 잡거나 아무래
도 약효가 화학농약에 비해 많이 떨어지는 천연농약으로 병
해균을 퇴치하는 것은 이윤 창출이 목표가 아니기 때문이
다. 이윤을 목표로 하는 전업농부 입장에서는 상품성이 현
저히 떨어지는 유기농 재배방식을 원리원칙대로 따르기는
힘들 수밖에 없다.

유기농이 정착하려면 친환경 기술이 더 많이 발달해야
하고, 소비자는 훨씬 더 비싼 값을 지불함으로써 농부들이
가짜 유기농산물의 유혹에 빠지지 않도록 유도해야 한다.
또한 손으로 직접 벌레를 잡고, 집에서 만든 천연농약으로

병균을 퇴치하는 작은 농사, 곧 텃밭농사가 더욱 확산되어야 한다. 이윤을 목표로 하지 않는 농사, 농사 자체가 목적인 농사가 늘어날수록 그만큼 사람도 농토도 작물도 건강해진다.

친환경 인증 제도는 친환경 농업을 통해 농작물의 경쟁력을 확보하고 국민의 건강을 지키자는 것인데, 현재는 그 취지가 무색할 정도다. 자연과 사람을 지키고, 농민의 수익과 소비자의 건강을 지키자고 시작한 친환경 인증제가 가짜 인증, 거짓 친환경 농사의 물결 속에서 위기에 처한 것이다. 온갖 수고를 아끼지 않으면서 진짜 친환경 농사를 지어 온 농부들과 안전하고 건강한 먹을거리라고 생각해 비싼 비용을 지불해 온 소비자들만 손해를 본다고 할 수도 있다.

상황이 그렇다 보니 소비자들 사이에서는 '친환경을 못 믿을 바에야 비싼 거 사 먹지 말고, 값싸고 때깔 좋은 거 먹는 게 정신건강에 좋다'는 비아냥거림까지 나오는 형편이다. 이 같은 인식이 확대된다면 그야말로 친환경 농업은 설 자리가 없어지고 만다. 더 나아가 시민들의 건강과 환경의 중요성, 정직한 농부들의 땀방울을 무력화하고, 향후 우리 농업이 가야 할 방향에 치명적으로 나쁜 영향을 미칠 수도 있다. 친환경 농업의 기준을 시급하게 바로잡아야 하는 매우 중요한 이유다.

농업생산 활동의 목적이 이윤 창출인 이상 거짓 친환경을 막기란 대단히 어렵다. 소비자는 안전하고 건강하면서 싼 값에 채소를 사 먹기를 원한다. 농가는 안전하고 건강한 채소와 과일을 생산해 비싼 값에 팔기를 원한다. 그러면서도 최대한 효율적으로 많이 생산해서 이익을 많이 남기기를 바란다.

현재 진행 중인 친환경 농사는 양립하기 어려운 가치를 실현하기 위한 어려운 과정을 통과하는 중이다. 상황은 매우 나쁘다고 할 수 있다. 효율성, 생산성, 수익성 등 머니 자본주의의 메커니즘이 친환경 인증이라는 좋은 취지마저 왜곡하기 때문이다.

농업은 그 자체로 이미 반자연적이다. 소규모 텃밭농이든 대규모 전업농이든 마찬가지다. 풀과 나무는 자연 상태에서 스스로 뿌리를 내리고, 줄기와 잎을 뻗고 꽃을 피우고 열매를 맺는다. 사람이 인위적으로 개입하지 않는다. 그 과정에서 상당수가 자리 잡지 못하고 사라진다. 그러나 농업은 다르다. 농업이란 가축을 사육하는 것처럼, 작물을 길들이고 먹을 것을 주고 보살피며 기르는 행위다. 반자연적인 것이다.

어떤 면에서 농업은 지구환경을 가장 크게 파괴하는 산업이라고 할 수 있다. 규모가 클수록 더 그렇다. 생산성을 높이기 위해 화학비료와 농약을 많이 사용할수록 더욱 파괴적이다. 만약 누군가가 시골의 푸른 논과 밭을 보면서 아름다운 자연환경을 연상한다면 농업의 속성을 모르는 소리라고 할 수 있다. 단위면적당 논과 밭만큼 심하게 오염된 땅도 사실은 드물다.

그렇다고 인류가 농업을 포기할 수는 없다. 농업은 인류문명 발달의 근원이고, 폭발적인 인구증가는 농업의 높은 생산성 덕분이다. 더구나 한국처럼 다양한 산업이 발달한 사회가 구성원 대다수가 농업에 종사하던 1960년대 이전으로 돌아가는 것은 불가능하다. 그런 선택은 인류문명의 시계를 거꾸로 돌리는 행위다.

그러나 4인 가족 기준으로 한 가정이 33제곱미터(10평) 정도의 텃밭을 가꾸기만 해도 인류문명의 시계를 거꾸로 돌리지 않고도 얼마든지 생활에 질적 변화를 가져올 수 있다. 한 가정이 그 정도 텃밭을 가꾸면 이웃 두세 가정의 채소 식단 대부분을 책임질 수 있다. 도시인들이 집집마다 혹은 두세 집이 텃밭 하나를 공동으로 가꾸면 더욱 효과적이다. 더 많은 세계 시민들이 조금씩 텃밭을 가꾸기만 해도 농업으로 인한 환경파괴는 줄어든다. '작고 서툰 텃밭'이 크고 전문적인 농업을 대체하는 범위가 넓어질수록 자연과 사람이 건강하고 안전해진다.

공장에서 제조된 동물

`  ` `  ` `  ` `  ` `  ` `

2009년 취재 차 들른 경북 안동의 한 축산농가에서 본 소의 긴 발굽은 충격이었다. 발굽이 길게 자라다 못해 휘어 있었다. 소의 발굽은 들판에서 뛰어다니거나 밭을 가는 동안 닳기 마련이다. 그러나 소가 농사를 돕는 과정에서 배제되고 오직 고기용으로 사육되면서 움직임이 없어지자 발굽이 길게 자라 휘어지는 지경에 이른 것이다.

그 농가의 축사에는 자동급수 시스템이 가동되고 있었는데, 겨울에는 온수가, 여름에는 냉수가 공급된다. 사료 또한 일정한 시간에 일정한 양이 자동으로 공급되도록 설비가 갖춰져 있었다. 육우들은 좁은 우리에 갇혀 기계화 장비가 공급하는 물과 사료를 먹고 살을 찌우는 중이었다.

2008년 5월, 한국에서는 이명박 정부의 미국산 쇠고기 수입 재개 협상 내용에 반대하는 대규모 촛불시위가 있었다. 시위는 100일 이상 계속되면서 처음에는 쟁점이 미국산 쇠고기의 광우병 위험에 대한 문제 제기였으나 나중에는 교육 문제, 이명박 대통령의 선거공약인 대운하 문제, 공기업 민영화 문제로 이어졌고, 결국에는 정권퇴진으로 확대되었다.

온 나라를 들썩이게 한 미국산 쇠고기의 광우병 문제의 쟁점은 '이명박 대통령이 미국산 쇠고기의 수입을 허가하면서 그 조건에 월령 제한을 두지 않았다'는 것이었다. 정확하게 밝혀지지는 않았지만 광우병 특정 위험물질 SRM(Specified Risk Material)인 변형 프리온 단백질이 소의 뇌나 내장, 척수 등에 많이 들어 있으며, 특히 생후 30개월 이상의 소에 많은데, 이명박 대통령이 수입 협상에서 수입 쇠고기의 월령 제한을 두지 않았다는, 혹은 표면적으로는 월령 제한을 두었지만 이면으로는 월령에 제한을 두지 않았다는 의혹에서 비롯됐다. 생후 30개월 이상이냐 아니냐가 광우병 사태의 큰 쟁점인 것이다.

2009년 안동에서 만난 축산업주는 "바보가 아닌 다음에야 소가 30개월 이상이 될 때까지 키우지 않는다. 사료 투입량에 비해 살이 덜 찌는데 그때까지 그냥 둘 축산농가는 없다. 다른 나라는 모르겠지만 우리는 30개월 이전에 모두 내다 판다"고 했다. 그가 그 시절 그런 말을 한 것은 '촛불 시위대들이 월령 30개월 이상의 소를 수입한다'는 주장은 축산농가 입장을 전혀 모르고 하는 소리라는 말이었다.

시위대가 축산농가의 속사정을 자세히 알기는 어렵다. 그리고 당시 시위의 촉매가 된 것은 쇠고기 수입 문제인데, 시위대가 그것만을 문제 삼은 것도 아니다. 정치적인 입장은 논외로 하자.

여기서 그 축산농부의 말을 인용하는 것은, 축산농가들이 소를 키우는 과정에서 고려하는 것은 오직 '경제성'이라는 사실을 환기하기 위해서다. 한국에는 때때로 소 구제역이 발생한다. 그때마다 대량으로 소를 도살하고 매장하는 장면이 텔레비전과 신문에서 보도된다. 텔레비전 뉴스에 축산농가 사람들이 나와 풀 죽은 표정으로 "자식처럼 키운 소를 도살해야 한다니 억장이 무너진다"는 말을 늘어놓는다. 그러나 정말 그 소를 자식처럼 키웠을까? 안동에서 만난 축산업자의 말대로라면 그들에게 '소=돈'일 뿐이다.

부모가 자식을 먹이고 입히고 공부시키고 행여나 병에 걸릴까 노심초사하듯, 축산농가들도 가축들을 잘 먹이고 행여나 병에 걸릴까 노심초사한다. 하지만 근본적인 이유는 다르다. 부모는 자식을 사랑으로 키우지만, 축산농가는 오직 경제성만 생각한다. 30개월 이전에 팔아치우는 것도 투입하는 사료값 대비 고기를 최대한 효율적으로 얻기 위해서고, 때맞춰 예방접종을 하고 소독하는 것도 경제적 손실을 입지 않기 위해서다. 안동의 축산농가에서 사육하는 소의 발굽이 휘어질 정도로 길게 자라는 이유는 좁은 우리에 갇혀 종일 거의 움직이지 않기 때문이다.

2014년 기준으로 한국인은 1년에 돼지 1,600만 마리, 닭 7억 9,100만 마리, 소 107만 1,000마리, 오리 8,500만 마리를 먹는다. 이 많은 돼지, 닭, 소, 오리를 공급하기 위해 축산농가에서는 자동설비를 갖추고, 좁고 획일적인 공간에서 표준화된 방식에 따라 사육한다. 잘 크는 놈, 덜 크는 놈이 없다. 그런 녀석은 조정 대상이지, 좀 빨리 자라거나 좀 더디 자라는 대로 인정받을 수 없다. 한 번에 파종하고, 동일한 크기와 속도로 키우고, 한 번에 출하하기 위해 빨리 자라거나 더디 자라는 작물을 솎아 내는 채소농가와 거의 비슷한 생산방식을 택한다.

대규모 양계장은 대량생산, 대량소비 사회의 민낯을 가장 적나라하게 보여 준다. 병아리는 부화하자마자 암평아리와 수평아리로 분리되고, 수평아리는 곧바로 컨베이어 벨트를 타고 흘러가 분쇄기로 들어간다. 분쇄기로 갈아 낸 수평아리 사체는 사료가 되거나 거름으로 사용된다. 살아남은 암평아리는 기계식 자동라인을 따라 돌면서 부리가 잘리고, 호르몬 주사를 맞는다. 부리를 자르는 이유는 나중에 좁고 밀집된 공간에 갇혀 사는 동안 스트레스를 받아 다른 닭을 쪼는 것을 방지하기 위해서다. 뭉툭한 부리로는 설령 다른 닭을 쪼더라도 상처를 내지 않는다.

2014년 6월 기준, 한국 전역에서 5,596만 7,000마리의 산란계가 하루 평균 3,866만 개의 알을 낳는다. 이 많은 알을 낳기 위해 대부분의 닭들은 A4(0.062제곱미터) 용지 한 장 크기 정도의 좁은 닭장에 앉아 옴짝달싹하지 못한 채 모이를 먹고, 알만 낳는다. 전국에 1,200개 정도의 대형 양계장이 있는데 99퍼센트의 닭이 한 마리당 A4 용지 한 장 크기의 공간에서 평생 알을 낳으며 산다. 실제로 우리나라 축산법은 산란계를 기준으로 닭 한 마리의 최소 사육 면적을 A4 용지 한 장도 되지 않는 0.05제곱미터로 정해 놓았다. 그러나 실제로는 이보다 더 좁은 공간에서 사육될 가능성이 높다. 축산 당국이 양계농장을 일일이 조사하기 어려워 단속이 이루어지지 않기 때문이다.

이렇게 좁은 공간에 갇혀 사료를 먹고 물을 마시고 알을 낳느라 닭들은 스트레스를 받고, 옆 창살 너머의 다른 닭을 쪼거나, 종일 움직이지 못해 골다공증에 걸리기도 한다. 이를 방지하기 위해 부리를 갈아 버리는 것이다.

대규모 양계장엔 모든 것이 자동화되어 있다. 사료통에

는 사료가, 물통에는 물이 들어 있어 닭은 모가지만 들었다 내렸다 하면서 모이와 물을 먹는다. 닭장에는 대형 환풍기가 쉬지 않고 돌면서 닭장 안의 열기를 식히고, 양계장 업주들은 정기적으로 닭장 안을 소독하고 항생제를 투입해 닭들이 전염병에 걸리지 않도록 한다.

그렇게 스트레스를 받으며 공장형 양계장에서 사육되는 닭이 낳은 알과 방목하는 닭이 낳은 알은 색깔이 다르다. 방목한 닭이 낳은 알의 노른자위는 진하고, 깨트렸을 때 잘 터지지 않는다. 양계장에서 밀식 사육된 닭이 낳은 알은 노른자위가 연하고, 깨트렸을 때 잘 퍼진다. 물론 양계장에서 사육된 암탉의 알은 수정하지 않았기 때문에 부화할 수 없는 무정란이다.

미국 스탠퍼드대학교 방사선의학과 패트릭 리 박사에 따르면 공장형 양계장에서 생산된 알에는 동물 스트레스 호르몬인 코르티솔이 포함되어 있다고 한다. 코르티솔은 동물이 스트레스를 받을 때, 스트레스에 대항하기 위해 분비되는 물질이다. 코르티솔이 분비되면 혈압이 높아지고, 맥박이 빨라지며, 신체 각 부위로 더 많은 혈액을 보내게 된다.

스트레스를 받은 어미가 알에 지속적으로 '세상은 나쁜 곳'이라는 신호를 보내고, 알에 그런 스트레스 호르몬이 축적된다는 것이다. 그렇게 스트레스 호르몬이 함유된 달걀을 먹으면 사람도 그 영향을 받는다고 한다.

리 박사는 "닭의 스트레스가 인간에게 전이돼, 스트레스를 풀기 위해 많이 먹게 되고 비만에 이르기도 한다"고 지적한다. 좀더 빨리, 좀더 많이 생산하려는 공장형 농장의 생산방식이 동물학대와 식물학대를 넘어 인간에게도 나쁜 영향을 미치는 것이다. 이윤 추구라는 동기 때문에 우리는 달걀을 싼 값에 더 많이 먹을 수 있게 됐지만, 동시에 그 이유 때문에 건강에 해로운 달걀을 먹고 있다.

양계장의 암탉들은 종일 먹고, 종일 알을 낳는다. 계란 생산이 목적인 양계장은 늘 밝다. 주변이 어둡고 낳은 달걀이 몇 개 모일 경우 닭들은 본능적으로 알을 품어 부화하려고 하기 때문이다. 게다가 일단 알을 품기 시작한 닭들은 부화가 끝나고 병아리들이 어느 정도 자랄 때까지 더 이상 알을 낳지 않는다. 양계장 업주로서는 엄청난 손해가 발생하는 것이다.

이를 방지하기 위해 양계장에서는 닭이 알을 낳자마자 자동으로 알을 수거할 수 있도록 닭장 구조를 꾸민다. 닭이 낳은 알은 곧바로 자동 집하장으로 모이고, 크기에 따라 분류된다. 양계장의 닭들은 오직 알을 낳기만 하면 된다. 암탉의 몸에서 알이 나오자마자 또르르 굴러가 집하장으로 모이기 때문에 암탉들은 자신이 낳은 알을 볼 수도 없다. 그야말로 산란産卵이 아니라 제란製卵이고 산란장이 아니라 달걀 제조 공장이다.

닭의 자연수명은 평균 10년이다. 그러나 우리나라에서 사육되는 닭은 자연수명의 100분의 1도 살지 못하고 도살된다. 우리나라에서 닭은 크게 육용계와 산란계로 나뉜다. 육용계는 삼계탕과 치킨의 주재료다. 삼계탕에는 부화한 지 45일 된 영계를 쓴다. 치킨용으로 쓰이는 육용계의 수명은 30일 정도다. 산란계는 품종별로 다르지만 보통 1-2년, 곧 산란율이 높은 기간에만 살 수 있다. 이 기간 동안 150개 이상의 알을 낳는다. 산란율이 떨어지면 곧바로 육계로 팔려 도살된다.

돼지도 마찬가지다. 태어나자마자 곧바로 꼬리를 자르고 거세하고, 그라인더로 이빨을 갈아 버린다. 거세해야 고기 맛이 좋아지고, 꼬리를 잘라야 스트레스를 받은 옆 돼지에게 물려서 상처 입는 일이 발생하지 않기 때문이다. 이빨을 갈아 버리는 것 역시 다른 돼지를 물지 못하게 하려는 조치다. 그렇게 표준화된 돼지는 약 1제곱미터(약 0.3평)의 좁은 우리에 갇혀 종일 먹고, 종일 살을 찌운다. 뒤로 돌아설 수도 없고, 걸을 수도 없다. 그저 다리를 굽히고 바닥에 배를 대고 잠을 자고, 일어나면 또 먹는다.

돼지는 키 100센티미터 정도, 몸무게 110-120킬로그램이 되면 도축된다. 좁은 우리에 갇혀 먹고 자기를 반복하면 대략 180일(6개월)이면 이 체중에 이른다. 자연수명의 10분의 1 정도를 살다가 도축되는 것이다.

많이 먹고 많이 쓰기 위해 인간은 전문적으로 대량생산하는 시스템을 발명했고, 닭과 돼지와 소를 그렇게 사육하고 소비한다. 그 과정에서 닭과 소, 돼지의 삶은 전혀 고려되지 않는다. 스트레스에 찌든 고기가 사람의 건강에 미치는 영향 역시 고려되지 않는다.

밀식에 기계처럼 사육하다 보니 전염병이 돌면 속수무책이다. 소나 돼지, 염소, 사슴 같은 발굽이 2개인 동물에게 나타나는 구제역口蹄疫(foot-and-mouth disease)은 치사율이 5-55퍼센트에 달하는 질병으로 한국에서는 가축의 제1종 바이러스성 법정전염병으로 규정하고 있다.

구제역 바이러스는 전염성이 매우 강한데 공기를 통해 호흡기로 감염되기 때문에 무리 중에서 한 마리가 감염되면 같은 공간에 있는 나머지 가축 전체로 급속하게 전파된다. 소는 잠복기가 3-8일에 불과할 정도로 증상이 빠르게 나타난다.

입을 통해서 동물의 몸속으로 들어간 구제역 바이러스는 인두에서 증식하고, 혈액을 타고 심장으로 들어간다. 감염된 동물은 고열(40-41도)에 거품 섞인 침을 많이 흘리고, 통증을 수반하는 급성구내염이 발생하고 입안에 물집이 생긴다. 입안에 물집이 생기면 통증으로 소는 사료를 먹지 못하고, 발굽에도 물집이 생기면 걷거나 잘 일어서지 못한다. 이어서 증세가 심해지면 수포가 터져 궤양으로 진전되고, 곧 죽게 된다.

가치 있는 생명 vs 공장의 불량품

한국에서 '조류독감'으로 부르는 조류인플루엔자는 야생 조류로부터 닭, 오리 등 가축에게 전파된다. 한국에서는 매년 적게는 수백만 마리에서 많게는 수천만 마리의 닭과 오리가 조류인플루엔자로 살처분된다. 대부분 밀식 사육 중인 대형 축사에서 조류인플루엔자가 급속하게 번진다.

구제역과 조류인플루엔자로 한국에서는 2010년부터 2015년 사이 소와 돼지 365만 마리, 닭과 오리 1,934만 마리를 매몰 처분했다. 2016년에는 1월부터 각 지방자치단체별로 구제역과 조류인플루엔자를 방지하기 위해 특단의 대책을 세우고 방역에 집중했지만 피해는 엄청났다.

2016년 11월 중순 한국에서 H5N6형 고병원성 조류인플루엔자가 발생해 12월 말까지 2,800만 마리를 살처분했다. 2014년 1-7월 가금류 1,396만 마리를 살처분했는데, 잠시 주춤하더니 금세 살처분 기록을 경신한 것이다. 더구나 2014년에는 195일 동안 1,396만 마리를 살처분했는데 2016년에는 불과 43일 만에 2배 이상 살처분해야 했다.

2016년 1월부터 철저하게 방역했지만 이런 결과가 발생한 까닭은 무엇일까? 방역약이 문제였을까? 조기 신고, 이동 금지 등 방역 시스템이 허술해서일까? 아니면 더욱 고도화되는 밀식 사육 구조가 문제일까? 나는 조류인플루엔자 피해를 줄이기 위해서는 철저한 방역이 아니라 밀식 사육하는 구조를 해결하는 데 방점을 찍어야 한다고 본다.

전라북도 고창에서는 2016년 1월 15일부터 17일까지 3일 동안 돼지 9,700마리가 구제역으로 도살됐다. 한 농가가 구제역 확정 판정을 받자 전염병 확산을 막기 위해 그 농장에서 기르던 돼지 9,700마리를 모두 도살한 것이다. 2016년 6월에는 제주도 돼지 농가에 돼지열병이 발생해 제주도에서 사육 중인 돼지 55만 마리의 절반인 27만 마리를 도살해야 할 수도 있다는 보도가 나오기도 했다.

매몰 현장에는 돼지 매몰용 땅을 파기 위한 굴삭기 엔진소리와 방역대원들의 분주한 움직임, 돼지들의 울부짖음이 뒤섞여 아비지옥을 연출했다. 돼지들은 산 채로 포클레인 삽에 실려 구덩이로 떨어졌다. 구덩이에서 빠져나오기 위해 위로 기어오르는 돼지들 위로 포클레인의 대형 삽이 퍼 나르는 흙이 떨어졌다. 구제역에 걸린 돼지들은 공장에서 발생한 불량품에 불과했다. 생명의 가치는 어디에도 없었다.

구제역과 조류인플루엔자 발생이 자본의 논리에 따른 가축 밀식 사육에 책임이 있다고 말할 수는 없다. 그러나 어디선가 어떤 이유로 발생한 구제역과 조류인플루엔자가 이처럼 급속하게 대규모로 확산되고, 소와 돼지와 닭이 대규모 도살, 매몰되는 가장 큰 원인은 밀식 대량사육이다.

가축 전염병을 막기 위해 현재 한국 정부와 지방자치단체, 농가에서는 각종 방역장치를 가동한다. 물론 방역장치를 가동하는 데는 엄청난 비용과 환경파괴가 수반된다. 게다가 매몰 처분에 따른 비용과 환경오염 역시 엄청나 정확하게 비용을 계산하기도 어렵다. 그럼에도 전염병이 급속히 확산되는 가장 큰 원인인 밀식 사육방식을 재고하자는 논의는 없다.

매년 환경을 파괴하고 잔인하게 생명 죽이기를 거듭하면서도 대량생산이라는 근본적인 문제를 손보려고 하지는 않는다. 근본적인 해결책은 곧 이윤 감소로 이어지기 때문이다. 그러는 사이 전염병은 더 빠르게, 더 큰 규모로 번지고 있다. 그렇게 매년 피해규모가 늘어나는데도 밀식 대량

사육 시스템에 대해서는 문제를 제기하지 않는다. 설령 일부에서 그런 문제를 지적해도 '세상 물정을 모르고 하는 소리'로 치부될 뿐이다. 대책은 오직 '더 강화된 방역'에 있다는 것으로 귀결된다.

대규모 양계장은 여름에는 폭염 피해를 입는다. 바깥 기온이 34-35도가 되면 양계장 실내 온도는 38-39도까지 치솟는다. 그렇게 되면 더위에 약한 닭의 폐사가 급격히 늘어난다. 그래서 양계장에서는 온도를 1도라도 낮추기 위해 차광막을 치고, 천장에는 샤워기를 개조한 물뿌리개를 설치해 물을 뿌리고, 통로에는 대형 선풍기를 설치해 쉴 새 없이 바람을 뿜어 낸다. 집집마다 닭 대여섯 마리를 키우던 옛날 시골집 마당에서는 필요하지 않았던 일이다.

전통적으로 한국의 시골마을에서는 집집마다 닭 대여섯 마리와 소 한두 마리를 키웠다. 전문 양계장이나 소와 돼지를 전문적으로 사육하는 대형 축사는 존재하지 않았다. 닭들은 한가롭게 마당을 돌아다니며 모이를 찾았고, 봄이면 알에서 깨어난 병아리들이 삐약삐약거리며 어미 닭을 쫓아 다녔다.

소들은 들판에 나가 건강한 땀을 흘렸고, 신선한 풀을 먹었다. 쟁기를 끄는 어미 소 뒤를 송아지가 천방지축으로 뜀박질하며 따라다녔다. 일을 마치고 집으로 돌아온 뒤에 어미는 너른 외양간에서 편안하게 쇠죽을 되새김질했고 송아지는 어미젖을 빨았다. 비록 고되게 일했지만 어미 소는 그다지 스트레스를 받지는 않았을 것이다. 당시 외양간은 소들에게 안식처였다. 실제로 소들은 산과 들에서 풀을 뜯다가도 해가 질 무렵이면 알아서 송아지들을 챙겨 마을로 돌아왔고, 각자의 집으로 찾아들어왔다. 소 먹이던 어린아이가 산에서 길을 잃어버리면 소들이 앞장서서 아이를 이끌고 집으로 돌아오기도 했다.

그 시절엔 일부러 방역작업을 할 필요가 없었다. 설령 전염병이 발생한다고 해도 그 피해는 소규모였다. 작은 규모로 사육했기 때문이다. 당시 농가의 가축 사육은 전문적이지 않았고, 대규모가 아니었으며, 빠른 비육과 판매이익을 목표로 하지 않았다는 점에서 '작고 서툰 손의 생산방식'과 궤를 같이한다.

게다가 아무리 먹기 위해 사육한다고 하지만, 동물들을 이처럼 비생명적인 환경에서 사육하고 매몰 도살이라는 잔인한 방법으로 죽이는 것을 사람이 과연 용납해도 되는지 이 문제도 짚어 봐야 한다.

원래 전염병이 발생하면 약물로 고통 없이 죽인 다음 매몰하도록 돼 있지만, 인력과 장비, 약품을 제때 공급하지 못하는 데다가 전염병 확산 방지라는 시간적 제약 때문에 살아 있는 채로 생매장을 일삼는 것이 한국의 현실이다.

그나마 전북 고창에서 돼지 9,700마리를 한꺼번에 죽이면서 생매장하는 대신 이산화탄소 가스를 주입해 감염된 돼지를 안락사시킨 후 2차로 왕겨와 미생물을 투입해 사체를 처리한 것이 '선처'라면 선처였다. 대량생산, 대량소비 사회의 '자비'란 기껏해야 그 정도에 불과하다.

도구적 인간과 전문화
`   `   `   `   `   `   `   `   `   `   `

    인류는 가혹한 자연의 간섭에서 벗어나기 위해 몸부림 쳤다. 도구 개발과 사용, 비교 우위를 바탕으로 한 전문화 모두 가혹한 자연의 간섭에서 벗어나기 위한 노력이었다. 그 결과 자연과 사람 사이에 매개물이 많고 복잡할수록, 전 문화되고 세분화될수록 문명이 발달한 사회, 더 부유한 사 회가 되었다. 그러나 여기서 부유함은 물질적 부유함일 뿐, 정신적 영역의 부유함과 반드시 등가를 이루지는 않는다.

    도구를 사용한다는 데서 '도구의 인간'이라는 말이 나 왔고, 이를 넘어 '도구적 인간'이라는 용어까지 생겨났다.

    사람은 도구를 만들고 도구는 사람을 만든다고 한다. 책과 망원경, 더 나아가 컴퓨터 모니터는 눈의 확장이고, 바 퀴는 다리의 확장이며, 옷은 피부의 확장이다. 감각기관의 확장은 단순히 각 기관의 기능 향상을 넘어 감각체계의 변화를 불러왔고, 새로운 감각체계는 또 다른 상상을 이끌어냈고, 새로운 세상을 만들었다. 도구와 인류가 상호관계를 주고받으며 서로 변화시켜 온 것이다.

도구가 긍정적 역할만 해 온 것은 아니다. 더위를 이기기 위해 부채나 선풍기, 에어컨을 쓰고, 빠르게 달리기 위해 자동차를 사용하는 것과 마찬가지로 더 부유해지기 위해 사람이 사람을 도구로 인식하게 됐다.

대규모 생산과 소비를 지향하는 현대 자본주의에서는 일반적으로 자신이 직접 노동할 때보다 사람을 많이 고용하는 사람일수록 부를 더 많이 얻는다. 그렇게 발달하다 보니 자신의 일을 대신 해 주는 사람 역시 도구로 취급하는 경향도 생겨났다. 사람이 그 자체로 목적이나 전체가 아니라, 파편화되고 도구화된 것이다. 이는 꼭 고용자와 피고용자 사이에서만 발생하는 현상은 아니다. 평범한 생활 속에서도 우리는 흔히 사람을 도구로 취급한다. 가령 "고객은 왕이다"라는 말이 이를 상징한다. 고객이 왕이면 판매자는 노예인 셈이다.

도시에 사는 현대 한국인은 거의 모든 일을 전문가의 손에 맡긴다. 집안 문짝의 장석이 고장나도 전문 기술자를 부르고, 싱크대가 막혀도 기술자를 부르는 경우가 허다하다. 30년 전만 하더라도 바지의 허리둘레나 바짓단을 줄이는 정도는 거의 모든 주부가 스스로 행하던 일이었지만 지금은 대부분 옷 수선업자에게 맡긴다. 드라이클리닝이 필요한 빨래는 물론이고, 신발 빠는 일까지 전문업소에 맡기는 사람도 많다.

더구나 아파트 거주 인구가 늘어나면서 집에서 무엇을 만든다는 것은 사실상 매우 어려운 일이 돼 버렸다. 가구를 만들 기술도 없지만 망치질이나 톱질을 아파트에서 하기 힘든 환경이 되어 버린 것이다.

대부분의 한국인은 자신의 직업과 관련한 노동 외에는 거의 어떤 노동도 하지 않는 경향이 강하다. 의사는 진료행위만, 운전수는 운전만, 교사는 학생을 가르치는 일만, 전기기술자는 오직 전기 분야의 일만 한다.

학생을 가르치는 일이 단순히 교과목을 지도하는 정도일 수는 없다. 전인적인 인격체를 형성하는 데 중요한 요소가 교사의 가르침이다. 그러나 자신의 교과목 외에 인생에 관한 문제에 대해서는 거의 아는 것이 없는 교사가 학생들을 지도하는 바람에 여러 가지 문제가 생겨난다. 교육과정 역시 인성교육 담당자와 교과목 담당자를 철저하게 분리한다. 이는 전문화 이상의 또 다른 문제인데 여기서 더 깊이 논의하지는 않는다.

어쨌든 현대 한국인은 생활을 유지하는 데 필요한 모든 노동행위를 그 일을 전문적으로 하는 기술자에게 맡기고, 자신은 자기 전문분야의 일에 매달려 오직 돈을 벌 뿐이다. 물론 여기에는 장점이 많다. 서툰 기술로 가구나 집을 고치려다가 오히려 망치는 경우도 있고, 수리에 필요한 장비를 구입하는 비용도 만만치 않기 때문이다.

그러나 그렇게 발전해 오는 동안 우리는 딱 한 가지만할 줄 아는 사람이 돼 버렸다. 마치 돼지가 좁은 우리에 갇혀 살을 찌우기만 하면 되고, 양계장의 닭이 종일 알만 낳으면 되는 것과 비슷한 상황이 펼쳐진 것이다.

더 이상 아버지와 아들이 집안 가구를 고치거나 고장난 수도를 함께 고치면서 나누는 대화, 신선한 땀, 가족 공동의 성취감 같은 것이 설 자리는 없다. 이 모든 손실은 '효율성'이라는 대량생산 자본주의의 장점 앞에 묻혀 버렸다.

현대 한국의 많은 주부는 300미터, 500미터쯤 거리의 마트에 갈 때도 자동차를 운전해 간다. 그리고 자신은 자기 전문분야에서 매우 강도 높은 노동을 하여 돈을 번다. 사정이 그렇다 보니 상당수 한국인이 운동 부족에 시달린다. 종일 사무실에서 일하는 사무직 근로자는 운동이 부족하기에 비싼 헬스클럽에 등록해 일부러 시간과 돈을 투자해 운동을 한다. 굳이 먼지가 많이 나고 여러 사람이 밀집한 탓에 산소까지 부족한 헬스클럽에서 운동을 할 것이 아니라, 집안일을 하면서 운동도 하고 땀을 흘릴 수 있는데도 효율을 이유로 외면하는 것이다. 300미터, 500미터쯤 거리의 마트에 갈 때도 자동차를 타고 가는 주부들 역시 일부러 헬스클럽에 등록해 운동을 한다.

　고향에 살던 시절, 그러니까 대규모 머니 자본주의의 영향을 적게 받으며 살던 1960-1970년대, 내 아버지는 여러 가지 일을 했다. 아버지는 벼농사와 배추농사, 무농사를 짓는 농부이자 스스로 그 물건을 시장에 내다 파는 상인이었다.

　한국의 농촌지역에는 상설시장이 아니라 5일장이 존재했다. 21세기인 현재도 일부 지역에는 존재한다. 내 아버지는 거의 대부분의 시간을 논과 밭에서 보냈는데, 5일마다 시장으로 가서 당신이 재배한 쌀이나 배추, 무, 감자를 팔았다. 그리고 우리 가족에게 필요한 생필품을 사 들고 왔다. 아버지는 농부이자 상인이었으며, 생산자이자 소비자였다.

　아버지는 농사일을 주로 했지만, 겨울에는 강의 얼음을 깨고 낚시도 했다. 고향 마을을 휘감아 흐르는 황강에는 물고기가 많았다. 취미로 낚시를 한 게 아니라 매운탕을 끓여 반찬을 만들기 위해 낚시를 했다. 아버지뿐만이 아니었다.

그 시절 우리 동네 어른들은 누구나 꽤 솜씨 있는 낚시꾼이었고, 우리는 신선한 민물회를 자주 먹었다.

내 아버지는 다양한 물건을 만들 줄 알았다. 어린 시절 우리가 타고 놀던 썰매를 만들었고, 다양한 모양의 연을 만들었다. 새총을 만들어 우리가 가지고 놀도록 해 주었다. 정교하게 덫을 놓아 토끼나 새를 잡기도 했다. 아버지가 만들어 주신 화약총으로 우리는 신나게 전쟁놀이를 했다.

아버지는 웬만한 농기구를 직접 만들거나 수리했으며, 허물어진 벽을 쌓기 위해 황토와 짚을 섞어 황토벽돌을 만들기도 했다. 겨울이 임박하면 거의 매년 짚으로 이엉을 엮어 창고와 헛간 지붕을 새로 올렸다.

그 덕분에 내 아버지는 여러 분야, 여러 사람의 일을 알았고, 그들의 인생을 이해할 수 있었다. 아버지는 집안을 꾸려 가기 위해 여러 가지 일을 했지만, 요즘 현대인처럼 바쁘지는 않았다. 언제나 느긋했고, 5일마다 열리는 장날에는 이른 아침에 시장에 나가 밤이 이슥해서야 집으로 돌아왔다. 5일 만에 만나는 이웃 마을 사람들과 장터국밥을 먹었고, 막걸리를 마셨고, 수다를 떨었다.

지금과 비교할 때, 당시 우리 가족은 가난했다. 그렇다고 해서 내가 영양실조에 걸리거나 키가 자라지 않거나, 겨울 감기를 달고 사는 일은 없었다. 아버지는 중년의 나이에도 군살 하나 없이 날씬했는데, 그런 몸매를 유지하기 위해 따로 운동을 하지도 않았다. 생활을 위해 행하는 모든 노동이 그에게는 훌륭하고 적절한 운동이 되어 주었다.

조금 심한 비유이기는 하지만 현대 한국인의 생활 속 노동 기피와 무리한 다이어트는 마치 고대 로마의 부패한 귀족들을 연상하게 한다.

3차에 걸친 포에니 전쟁(기원전 264년 - 기원전 146년)에서 승리한 로마는 카르타고를 멸망시키고 지중해의 패권을 완전히 장악했다. 카르타고의 도시는 폐허가 됐고, 주민들은 죽거나 노예로 팔려 갔다.

전쟁 승리로 최고의 전성기를 맞이한 로마의 귀족들은 탐미와 향락에 빠져들었다. 그들은 음식을 먹고 배가 부르면, 목젖을 자극해 먹은 음식을 일부러 토하고 또 음식을 탐닉했다. 온갖 쾌락을 누리고도 더 많은 쾌락을 누리기 위해 비정상적인 행태를 보인 것이다.

조금 적게 먹거나 배불리 먹는 정도라면 적당한 노동으로 충분히 건강한 신체를 유지할 수 있다. 그러나 현대 한국인은 지나치다 싶을 만큼 많이 먹고 많이 마시는 한편 일부러 살을 빼려고 무리하게 다이어트를 한다. 절제된 음식섭취와 생활 속의 자연스러운 노동으로 건강한 체형을 유지하는 대신, 타락한 고대 로마인들처럼 필요 이상으로 먹고, 필요한 노동을 타인에게 맡기고, 자신은 일부러 돈과 시간을 들여 헬스클럽에서 운동을 하는 것이다.

헬스클럽의 라커룸은 통풍이 잘 안 되고, 따뜻하고 눅눅해 세균이나 곰팡이가 번식하기 좋은 여건이다. 이를 방지하고 유해 미생물을 차단하기 위해서는 대단히 섬세하고 강력한 위생설비를 갖추어야 하지만, 그처럼 적절한 위생시설을 갖춘 헬스클럽은 많지 않다. 게다가 헬스클럽 안에는 햇빛이 들어오지 않기 때문에 차외선에 의한 소독효과도 기대하기 어렵다. 건강관리를 위해 헬스클럽에서 운동을 하지만 오히려 건강을 해칠 우려가 큰 것이다. 이런 모습은 전문화의 그늘이다.

휴식과 여가도 전문화

1960-1970년대까지 한국의 농부들은 농사를 짓는 동안 노동요를 불렀다. 노래를 부름으로써 즐겁게 노동을 할 수 있었고, 스트레스를 풀기도 했다. 또한 노동요 자체를 예술로 승화시켜 마을 단위로 잔치를 열기도 했다.

노동요에는 밭갈이할 때, 모내기할 때, 김매기할 때, 타작할 때 부르는 농업노동요를 비롯해 물레질, 베틀질, 삼 삼을 때 부르는 길쌈노동요, 가마나 상여, 목도를 메고 운반할 때 부르는 운반노동요, 여성들이 방아를 찧거나 맷돌을 돌릴 때 부르는 제분노동요, 어부들이 노를 젓거나 그물을 당길 때 부르는 어업노동요, 풀무질이나 망태기를 짤 때 부르는 수공업노동요, 여성들이 빨래나 바느질을 할 때 부르는 가사노동요 등이 있었다.

노동방식에 따라, 노동에 참여하는 사람의 숫자에 따라 각기 다른 노동요가 존재했다. 여러 사람이 함께 부르는 노동요도 있었고, 한 사람이 한 소절씩 차례로 부르는 노동요도 있었다. 이처럼 한국 사람은 일을 할 때 거의 언제나 노래를 불렀다. 노동행위와 예술행위를 무 자르듯 구분하지 않았다.

한국인에게 노동요는 그 자체로 생활예술이었다. 노동할 때뿐만 아니라 평소에도 불렀고, 그런 과정을 거쳐 전국적인 민요로 정착한 노래들도 있다. 가령 황해도의 감내기, 함경도의 호미타령, 평안도의 배따라기, 전라도의 농부가·뱃노래·방아타령·베틀노래가 그런 것들이다.

그러나 1960-1970년대 이후 급속한 도시화, 근대화로 각 분야가 전문화, 세분화되면서 시골 공동체가 붕괴되기 시작했고, 마을 사람들의 공동작업은 크게 줄었다. 설령 같은 작업 공간에서 일한다고 하더라도 개인마다 업무 형태나 종류가 달라 함께 노래할 수는 없는 환경이 돼 버렸다.

나아가 대량생산, 대량소비 사회로 진행하는 과정에서 예술과 노동은 분리되기 시작했고, 생활인인 노동자와 전문 예술가의 경계가 뚜렷하게 구분되었다. 노동하는 사람과 예악하는 사람이 딱 부러지게 구별되면서 누구나 부를 줄 알던 노동요는 점점 사라졌고, 노래 실력도 줄어들었다.

일하면서 문화와 예술을 즐기던 한국인은 이제 문화와 예술을 전문가들에게 맡기고, 텔레비전 앞에 앉아 그들이 들려주는 노래와 이야기를 듣는다. 텔레비전이라는 도구, 혹은 공연장이라는 전문공간을 통해 문화와 예술을 소비하게 된 것이다. 직접 참여해 지신밟기와 풍물놀이를 즐기던 한국인이 이제는 전문가들에게 돈을 지불하고, 시간을 따로 투자해 그들의 놀이를 관람한다.

2014년 문화체육관광부와 한국문화관광연구원이 15세 이상 한국인 1만 명을 면접 조사한 '2014년 국민여가활동조사'에 따르면 한국인의 하루 평균 여가시간은 평일 3.6시간, 휴일 5.8시간이다. 여가시간 동안 한국인이 가장 많이 하는 활동은 텔레비전 시청(51.4퍼센트)이다. 인터넷·소셜네트워크서비스SNS(11.5퍼센트), 산책(4.5퍼센트), 게임(4.0퍼센트)이 그 뒤를 이었다.

자신이 직접 여가행위에 참여하던 사람들이 불과 30-40년 만에 텔레비전 앞에 앉아 여가를 전문적으로 소비해 주는 사람들에게 자신의 시간과 흥을 맡긴 것이다.

미국 국립암연구소가 발표한 내용에 따르면 하루 3-4시간 텔레비전을 보는 사람은 하루 1시간 이하로 텔레비전을 보는 사람에 비해 암, 심장질환, 파킨슨병, 간질환 등에 걸릴 확률이 15퍼센트 정도 높다고 한다.

2015년 기준 한국인이 하루에 가족과 대화를 나누는 시간은 평균 9분으로 조사됐다. 한국인이 그토록 열심히 공부하고 열심히 일해서 돈을 버는 이유는 가족과 행복한 삶을 살기 위해서다. 그런데 실상은 열심히 일하느라 가족과 시간을 보낼 여유가 없고, 겨우 남은 시간마저 전문 예능인들에게 맡겨 지친 심신을 위로받는다. 웃음도 위로도 휴식도 비용을 지불하고 구입하는 전문상품이 되었다.

　한국인은 『TV 동물농장』이라는 프로그램을 통해 다른 집 사람이 자기네 동물들과 장난치며 노는 영상을 시청하고, 『1박 2일』이라는 프로그램을 통해 연예인들이 전국의 시골과 도시를 여행하면서 벌이는 갖가지 에피소드를 시청한다. 심지어 남들이 음식을 만들어 먹고 감탄하는 텔레비전 프로그램을 시청하며 입맛을 다시고, 연예인들이 자신들의 아이들과 노는 프로그램을 저녁 내내 온 가족이 둘러앉아 지켜본다. 자신의 아이에게 해 주어야 할 '귀엽다'는 말을 텔레비전 속 연예인의 아이를 향해 쏟아 낸다.

　자신이 직접 이야기를 만들고 이야기에 참여할 수 있는데도 다른 사람이 겪는 에피소드를 구경하고, 자신의 아이들과 노는 대신 다른 사람이 아이를 키우는 이야기를 텔레비전을 통해 소비한다. 그야말로 무엇이든 '직접 경험'하는 대신 매개물을 사이에 두고 '간접 체험'하는 것이다. 경험과 체험은 본질적으로 다르다. 현대 한국인은 자신이 맡은 전문분야의 생산노동 외에 모든 것을 전문인들에게 맡기고 간접적으로 소비하려고 한다. 그 탓에 날이 갈수록 삶은 건조해지고, 비용은 늘어나고, 인간관계는 파괴되어 간다. 또한 그 여가비용을 치르느라 더욱더 기계적으로 일해야 하는 상황이 펼쳐진다.

운동하고 땀 흘리고

2015년 기준으로 한국의 노인 인구는 686만여 명이다. 이중 절반에 이르는 노인이 영양 결핍 상태다(2015년 한국 질병관리본부 전국 65세 이상 노인 2,876명 대상 조사). 영양 성분별로 보면 칼슘 부족이 81.7퍼센트, 비타민 B_2 부족이 71.8퍼센트, 지방 부족이 70.5퍼센트, 비타민 C 부족이 66.3퍼센트, 비타민 A 부족이 62.9퍼센트, 단백질 부족이 30.1퍼센트로 나타났다.

돈이 부족해 영양분을 적절하게 섭취하지 못하거나, 치아나 구강에 문제가 있어 음식을 먹는 데 지장을 느끼는 경우도 있다. 또 미각이 무뎌져서 음식을 먹고 싶은 욕구가 감퇴했기 때문인 경우도 있다. 물론 침 분비 감소와 장기 기능 감퇴로 소화 장애가 생겨 영양 섭취가 부족한 경우도 있다.

영양 섭취가 부족해지면 독감, 폐렴 같은 감염성 질환, 고지혈증 같은 질환에 더 취약해진다. 또 질병에 걸리거나 사고를 당한 뒤 회복속도 역시 느리고, 사망률도 증가한다.

식품의약품안전청이 2012년 12월 발표한 자료에 따르면 한국 노인들은 섬유소, 칼슘, 단백질 섭취는 부족한 반면 나트륨은 많이 섭취하는 것으로 나타났다. 나이가 들면서 점점 미각이 둔해지고, 미각을 자극하기 위해 소금을 점점 더 많이 넣기 때문이다.

나트륨을 적게 섭취하는 것이 최선이겠지만, 인체에 흡수된 나트륨을 적절하게 배출하는 것도 매우 중요하다. 인체에 흡수된 나트륨은 소변이나 땀으로 배출되기 마련인데, 노인들은 땀을 좀처럼 흘리지 않는다.

인체기관이 젊은이들처럼 민감하게 작동하지 않기 때문에 실제로는 더운데도 더위를 잘 느끼지 못하는 경우가 많고, 땀을 흘릴 만큼 많이 움직이지 않기 때문이기도 하다. 그런 점에서 텃밭 가꾸기는 운동도 되고 땀을 흘리기에 매우 효과적이다.

햇볕 아래 앉아 호미질을 하면, 헬스클럽에서 빠르게 달릴 때보다 더 쉽게 땀을 많이 흘릴 수 있다. 등 위로 쏟아지는 햇빛이 기본적으로 체온을 금방 올려 주기 때문이다. 게다가 헬스클럽에서 행하는 운동이 격한 운동이라면 텃밭의 풀 뽑기, 호미질 작업은 노인에게도 부담이 없는 부드러운 운동이다.

식약청은 노인들이 급성, 만성 질환을 예방하고 건강한 몸을 유지하기 위해서는 적절한 운동과 함께 비타민과 무기질이 풍부한 과일과 채소를 많이 먹어야 한다고 발표했다. 노인들이 건강을 유지하기 위해서는 하루 2-7회 과일과 채소를 섭취해야 섬유소 부족으로 생기는 노인성 변비 등 각종 질환을 예방할 수 있다고 한다.

건강을 유지하기 위해 몸에 필요한 과일의 1회 분량(100그램)은 사과(중) 1/2개, 귤(중) 1개, 포도(중) 15알, 오렌지주스 1/2컵 정도가 적당하다고 한다. 또 채소 1회 분량은 콩나물 1접시(70그램), 시금치 1접시(70그램), 배추김치 1접시(40그램), 오이소박이 1접시(60그램)가 적당하다고 한다.

면역력 강화에 필수적인 단백질과 지방도 충분히 섭취해야 한다. 하루 4-5회 고기, 생선, 계란, 콩을 섭취해야 하는데 고기·생선·달걀·콩류의 1회 분량은 육류 1접시(60그램), 닭고기 1조각(60그램), 생선 1토막(60그램), 달걀 1알(60그램), 두부 2쪽(80그램) 정도라고 한다.

미국 MD앤더슨암센터가 암 발생 원인을 연구한 결과에 따르면 암 발생 원인은 흡연 30퍼센트, 감염 18퍼센트,

환경오염이 7퍼센트라고 한다. 그러나 이보다 더 큰 원인은 잘못된 식습관(35퍼센트), 비만(14-20퍼센트)이었다. 암 발생 원인의 50-55퍼센트가 음식이나 비만과 관련 있다는 것이다. 적당한 운동과 올바른 식습관만 유지해도 암을 예방하는 데 커다란 도움이 된다는 것을 알 수 있다.

텃밭 가꾸기는 신선한 야채를 많이 섭취할 수 있는 아주 좋은 방안이다. 텃밭을 가꾸다 보면 야채를 많이 먹을 수밖에 없다는 것을 저절로 알게 된다. 33제곱미터(10평) 크기의 텃밭만 가꿔도 서너 집이 먹고도 남을 만큼 많은 야채가 나오니 저절로 많이 먹게 되는 것이다.

도시농부 320명을 대상으로 야채 소비량을 설문조사한 결과 65퍼센트가 '텃밭을 가꾼 뒤로 야채 소비량이 매우 많이 늘었다'고 답했고, 32퍼센트가 '야채 소비량이 조금 늘었다'고 답했다. 조사 대상자 중 97퍼센트가 '야채 소비가 늘었다'고 답한 것이다. '모르겠다' 또는 '변함없다'는 응답은 미미했으며, '야채 소비가 줄었다'는 응답은 없었다.

나트륨을 잘 배출하기 위해서는 칼륨이 많이 들어 있는 음식을 자주 섭취하는 것이 좋다. 칼륨이 많이 들어 있는 것으로 텃밭에서 쉽게 기를 수 있는 대표적인 야채가 양배추다. 텃밭농부들의 단골 야채인 감자와 고구마 역시 칼륨을 많이 함유하고 있어 나트륨 배출에 아주 좋다.

토마토 역시 나트륨 배출에 도움을 줄 뿐만 아니라 소화에도 좋고, 성인병의 원인이 되는 콜레스테롤을 낮추는 데도 상당한 효과가 있는 것으로 알려져 있다. 오이는 수분이 많아 고혈압에 좋고 소변을 잘 보게 한다. 텃밭에서 흔히 재배하는 채소가 체내 나트륨을 매우 효과적으로 배출하게 할 뿐만 아니라 성인병 예방에도 도움을 주는 것이다.

특히 양배추에는 위장을 보호해 주는 역할을 하는 식이 섬유가 많이 들어 있어 소화 기능이 약한 사람에게 좋다. 섬유질 성분은 허혈성 뇌졸중을 예방하는 데 도움이 되고, 비타민 U는 상처 치료와 발암물질 제거에 아주 효과적이다.

이외에도 양배추는 피를 맑게 하고, 혈액순환을 돕는다. 백혈구의 기능을 좋게 해 우리 몸의 저항력과 면역력을 증가시키고, 칼슘도 많이 들어 있어 노인들의 골다공증 예방에도 상당한 효과가 있는 것으로 분석돼 있다.

땅에서 캐낸 보물

2010년 6월 한국물가협회가 4인 가족 기준 저녁밥상 비용을 조사했더니 2만 4,063원으로 나타났다. 이 비용은 5년 전인 2005년에 비해 41.4퍼센트 상승한 것이다. 물론 5년마다 저녁밥상 비용이 40퍼센트씩 상승한다고 보는 것은 무리다. 그러나 매년 오르는 것은 분명하다. 수입이 있는 젊은 사람들은 수익도 조금씩 늘어나는 만큼 음식물 물가 상승이 큰 부담이 되지 않을 수 있다. 그러나 수입이 거의 없거나 매우 적은 노인들에게 밥상물가 인상은 상당한 부담이 될 수 있다.

2010년 한국물가협회가 저녁밥상 비용을 조사할 당시 표준식단은 잡곡밥(쌀 300그램, 보리 100그램, 적두 50그램, 차조 30그램)과 시금치 된장국(시금치 400그램, 된장

800그램), 제육볶음(삼겹살 500그램), 야채(상추 400그램, 깻잎 200그램), 오이생채(오이 2개), 여기에 후식으로 제철 과일인 참외(400그램)가 기준이었다.

이 정도 식단을 차리는 데 드는 비용은 2005년에 1만 7,021원, 2006년 1만 8,706원, 2007년 1만 7,739원이었다. 2008년엔 2만 113원으로 2만 원 선을 넘었고, 2009년에는 2만 296원, 2010년에는 냉해와 폭설 등으로 채소와 과일 값이 급등하면서 2만 4,063원으로 껑충 뛰었다. 냉해나 폭설 같은 기상이변이 없었다고 하더라도 4인 가족의 저녁밥상 비용은 2만 원을 넘어선 것이다.

특히 밥상물가 상승을 주도한 것은 한국인이 즐겨먹는 상추, 배추, 깻잎 등이었다. 상추(400그램)와 깻잎(200그램)은 2005년 3,000원에서 5년 만에 5,400원으로 80퍼센트나 올랐다. 한국인이 된장국에 즐겨 넣는 시금치(400그램) 역시 2005년 1,134원에서 2010년 1,764원으로 올랐다. 이런 상황에서 경제적으로 빈곤한 노인들이 신선한 야채를 충분히 먹기는 어렵다.

'도시텃밭'은 수입이 확 줄어들었거나 거의 없는 은퇴 노인 가족의 밥상물가를 안정시키는 데도 큰 도움이 된다. 대부분의 한국인은 텃밭에서 주로 상추, 배추, 무, 시금치, 파, 깻잎, 고추, 토마토 등 자주 먹는 채소를 기르기 때문에 밥상물가를 안정시키고, 노인의 건강을 유지하는 데 필요한 대부분의 채소를 많이 섭취할 수 있다는 데서 더욱 의의가 있다.

텃밭에서 흔히 재배하는 토마토는 훌륭한 후식일 뿐만 아니라 전립선 비대증 같은 노인성 질병을 예방하는 데도 커다란 도움이 된다. 잎채소에는 비타민이 풍부하게 들어 있고, 무, 시금치, 방울토마토에는 칼슘이 풍부하게 들어 있다.

특히 시금치는 위암과 대장암, 유방암 발병률을 40퍼센트 이상 낮출 수 있는 것으로 조사되었다. 이 같은 시금치의 암 예방효과는 엽산 덕분인데, 엽산은 손상된 디엔에이 DNA를 복구하고 암 관련 유전자를 조절하는 것으로 확인되었다. 엽산은 또 노인의 인지 능력을 높이고 치매와 우울증 예방에도 큰 도움이 된다.

하루에 400마이크로그램 이상 엽산을 먹거나 엽산 보충제를 15년 이상 복용하면 대장암 발생 위험률이 75퍼센트 낮아진다고 한다. 엽산 섭취량을 늘리고 술을 줄이기만 해도 대장암 위험이 50퍼센트 이상 감소한다.

노인들이 텃밭을 가꾸느라 다소간 노동을 하여 땀을 흘리고, 햇볕을 쬐고, 수확한 채소를 많이 먹기만 해도 건강을 유지할 수 있다. 많은 돈을 들여 채소를 사 먹을 필요가 없고, 따로 헬스클럽을 찾아 운동을 하느라 비용을 투입할 필요도 없다. '텃밭 가꾸기'의 커다란 매력이다.

도시농부를 대상으로 야채 구입비를 조사한 결과, 91퍼센트가 '텃밭을 가꾸기 시작한 뒤로 가정의 야채 구입비가 줄었다'고 답했으며, '늘었다'는 대답은 4퍼센트였다. 야채 구입비가 줄어들었다고 답한 응답자들 상당수는 '전체 야채 구입비 중 50퍼센트 이상 줄었다'고 답했고, 가장 많이 줄었다고 응답한 사람은 '90퍼센트까지 야채 구입비가 줄어들었다'고 답했다. 야채 구입비가 줄었다고 응답한 사람 중에 가장 적게 줄어든 사람도 '30퍼센트는 줄었다'고 답했다.

부산대학교 식품영양학과 박건영 교수는 "암은 하루아침에 발생하는 것이 아니고 최초 개시부터 최소 11년 이상 오랜 기간에 걸쳐 일어난다. 브로콜리, 양배추, 케일 등 십자화과 채소와 마늘, 양파 등은 암이 발생하는 과정 중에 발암전구물질이 최종 발암물질로 바뀌거나 개시 세포로 성장하는 과정을 막아 준다"고 말한다.

그는 특히 "식물도 자라는 환경에 따라 생체활성물질을 만들어 내는 양이 달라진다. 비닐하우스에서 보호받고 자란 식물보다는 야생에서 어려운 환경을 견디며 병해충과 싸운 식물이 약과 같은 성분을 훨씬 많이 만들어 낸다. 집에서 혹은 텃밭에서 내 손으로 재배한 유기농 채소는 암 발생을 예방해 줄 뿐 아니라 수술 후 회복 중인 암 환자의 여러 가지 성인병을 예방해 주는 효과가 있다"고 말한다.

텃밭에서 최대한 자연의 위협에 노출된 상태로 재배한 채소의 '건강 기능성'이 농약과 비료, 각종 보조시설 등의 보호를 받으며 성장한 채소보다 높다는 것이다. 농약이나 비료를 쓰지 않고 보온시설을 추가하지도 않는 텃밭농사는 자연환경을 지키는 동시에 사람의 건강도 지키는 것으로 그야말로 '땅에서 캐낸 보물'이라고 할 수 있다.

2015년과 2016년 '텃밭을 가꾸기 전과 텃밭을 가꾸기 시작한 후, 자신의 건강 상태를 주관적으로 평가해 달라'는 설문에 응답자 중 91퍼센트가 '더 건강해졌다'고 답했고, 응답자 중 7퍼센트가 '더 쇠약해졌다'고 답했다. '모르겠다'는 응답이 1퍼센트를 조금 넘었다. 텃밭을 가꾸기 전후, 병원을 찾는 횟수에 대해서도 75퍼센트가 '줄었다'고 응답했으며, '늘었다'는 응답은 18퍼센트였다. 병원진료 기록을 일일이 파악하지는 않았지만, 스스로 생각하는 건강지수가 높아졌음은 분명하다.

햇빛의 축복

사람이든 짐승이든 동물은 식물이 1차적으로 햇빛을 받아 합성한 에너지를 소비하는 것이 일반적이다. 그런데 텃밭을 가꾸다 보면 상대적으로 햇빛에 많이 노출되고, 햇빛 에너지를 직접 받을 수 있는 기회와 양도 늘어나게 마련이다.

햇빛 에너지를 통해 사람의 인체가 직접 합성하는 비타민 D는 신체건강과 정신건강에 필수적인 요소다. 햇빛 에너지는 기분을 좋게 하고, 대사량을 늘려 육체에 활기를 주며, 뼈를 튼튼하게 하고, 고혈압과 당뇨병을 예방한다.

현대 도시인은 거의 햇빛을 쬐지 않고 생활한다. 오히려 한사코 햇빛을 피해 생활한다. 집을 나서면 곧 자동차를 타고, 자동차에서 내리면 곧 실내로 들어간다. 심지어 한국의 중년 여성 중에는 운동할 때 복면 쓰듯 얼굴 전체를 가리고 집을 나서기도 한다. 예쁜 얼굴을 내놓고 싶어 하는 젊은 여성도 햇빛을 가리기 위해 양산을 쓴다. 그 결과 만성적인 비타민 D 부족에 시달리고, 우울감과 무기력증을 호소하는 사람이 많다.

오죽 비타민 D가 부족하면 예방의학을 전문으로 하는 병원에서는 1년에 한 번씩 비타민 D 주사를 맞으라고 권유한다. 비타민 D가 부족하다고 진단받은 사람들은 1회에 5만 원쯤 하는 주사를 맞기도 한다.

위도가 높은 지역에 사는 유럽인이 해가 나면 옷을 벗고 일광욕을 즐기는 모습을 흔히 볼 수 있다. 일반적으로 적도에서 멀어질수록 햇빛에 의한 비타민 D 합성량이 줄어들고, 여름보다 겨울에 더욱 줄어든다. 적도에서 먼 지역에 사는 사람의 인체는 햇빛 부족을 스스로 인식하고, 이를 보충하기 위해 벌건 대낮에 옷을 훌훌 벗고 햇빛을 쬔다.

정신의학과 전문의들은 "햇빛을 쬐며 하루 30분 정도 운동을 하기만 해도 우울증 환자 중 다수가 밝은 기분을 되찾을 수 있다"고 말한다. 이들은 햇빛을 쬐면 기분을 좋게 만드는 역할을 하는 세로토닌 양이 증가한다고 말한다. 우울증 치료를 위해 인공적으로 태양광을 만들어 사용하기도 하는데, 이것 역시 자연 햇빛의 효과를 흉내낸 것이다.

정신과 전문의로 대학병원에 근무 중인 지인은 "우울 증세를 보이는 환자들에게 햇빛을 자주 쬐면서 가벼운 운동을 하면 훨씬 도움이 될 것이라고 권하지만 환자들은 좀처럼 귀담아듣지 않고, 약물처방을 요구한다"고 말한다. 환자들 중에는 심지어 '햇빛과 운동처방'을 '쓸데없는 소리'나 '비전문적인 의견'으로 비판하는 경우도 있다.

돈과 비용을 들이지 않고 생활 속에서 몸의 질병을 치료할 수 있는데도 환자들은 굳이 비용을 지불하고 전문적인 처방약을 먹어야 한다고 믿는다. 비용이 들지 않는 처방은 효과가 없을 것이라고 생각하는 것이다. 돈을 들여 헬스클럽에 가지 않으면 다이어트를 할 수 없다는 생각과 일맥상통한다. 이 같은 비용 만능주의 역시 머니 자본주의에 익숙해진 현대인의 자화상일 것이다.

텃밭을 가꾸다 보면 일주일에 하루 이틀, 하루 한두 시간 햇빛을 쬐기 마련이다. 이 과정에서 자연스럽게 땀을 흘리게 되고, 기분도 좋아진다. 게다가 텃밭농사는 헬스클럽에서 행하는 것처럼 격렬한 운동이 아니다. 크게 힘들이지 않고 행하는 유산소 운동에 가깝다. 그럼에도 햇빛이 쏟아지니 실내에서 운동할 때보다 힘을 덜 들여도 땀을 훨씬 많이 흘리게 되고, 이에 따라 물을 더 많이 섭취하게 된다. 땀을 통해 인체 노폐물을 밖으로 배출하는 효과도 크다.

경기도가 독거노인의 건강관리를 위해 2012년 시작한 '홀몸어르신 365일 햇빛 쬐기' 사업이 있다. 이 사업은 보건소 간호사들이 독거노인 가정을 방문해 대화도 나누고, 육체적·정신적 건강 문제들을 점검 관리하는 사업이다. 2015년 말 기준 경기도 내 408명의 간호사, 물리치료사, 사회복지사 등으로 구성된 방문 전담인력이 독거노인 9,868명을 대상으로 햇빛 쬐기 사업을 시행하고 있다.

2016년 5월 8일 경기도는 '홀몸어르신 365일 햇빛 쬐기' 사업에 참여한 독거노인들의 1인당 의료비 지출이 2015년 말 기준 3만 5,767원으로 사업 초기인 2012년 초 6만 3,385원 대비 43.6퍼센트 감소했다고 발표했다. 병원 방문횟수 역시 2012년 초 2.9회에서 2015년 말 1.9회로 줄었고, 15점 만점인 우울 점수는 6.6점에서 5.5점으로 개선됐다. 자살 시도율은 같은 기간 3.1퍼센트에서 0.5퍼센트로 급감했다. 햇빛 쬐기를 통해 노인들의 의료비 지출, 병원 방문횟수, 우울증 감소 등 효과를 얻었다는 것이다.

지방자치단체에서 이처럼 햇빛 쬐기 사업을 실시한다면 참 고마운 일이다. 그러나 텃밭만 가꾸어도 햇빛을 쬐고 대화를 나누는 생활을 자연스럽게 영위할 수 있다.

게다가 전적으로 예산을 투입해 고령화, 우울, 가난, 고독에 맞서려면 엄청난 비용이 들어간다. 이때 들어가는 비용은 내수 진작이라는 효과도 미약하다. 오직 비용으로 소모되는 셈이다. 오히려 연명기간을 늘려 비용 증가로 이어질 수도 있다.

비용이 아니라 참여, 연명이 아니라 즐거운 삶으로 상황을 반전시키려면 경제적 대처가 아니라 다른 방식으로 대처해야 한다. 텃밭이 그중 하나다.

텃밭을 가꾸기 시작하면 생활 속의 소음이 멀어지고, 매일 떠오르는 태양에 감사하고, 제때 내리는 비에 감격한다. 때로는 내리지 않는 비를 기다리며 안타까운 마음이 들기도 한다. 일상에서 아무렇지 않게 맞이하고 보내던 가느다란 한줄기 바람에도 깊은 감명을 받는다. 소년 시절, 짝사랑하는 소녀를 기다리는 애틋한 안타까움 같은 감정 말이다. 잊고 지내던 꽃과 새, 바람과 달빛을 느끼게 된다. 정성을 다해 가꾸는 채소가 있기 때문이다.

미국 존스홉킨스대학교 보건대학원 재리드 레이스 박사 연구진은 12-19세의 10대 청소년 3,577명의 자료를 분석한 결과 "비타민 D가 부족한 청소년은 고혈압 위험성이 2.36배, 고혈당 위험성이 2.54배, 대사증후군 위험성이 4배나 높다"고 발표했다. 이 연구진은 "비타민 D는 기억력 개선, 면역력 향상, 항암 효과 등 다양한 효능이 있다"고 말했다.

햇빛이 고혈압 치료, 우울증 예방과 치료, 스트레스 해소, 면역체계 강화, 상처나 타박상 치료 효과, 불면증 개선, 뼈 강화 등에 도움이 된다고 말하는 전문서는 얼마든지 많이 있으니 더 언급하지 않아도 될 것이다.

3

자연, 동물, 사람,
사회가 공존하는
세상

마을의 의미
ˋ ˋ ˋ   ˋ ˋ

　한국의 전통 가옥에는 으레 마당이 있었다. 마당은 딱히 역할이 규정되지 않은 공간이었다. 평소에는 비어 있으되, 언제든 무엇으로든 채울 수 있는 공간이었다. 멍석을 깔고 밥상을 놓으면 식당이 되고, 홑이불을 내면 무더운 여름밤에 훌륭한 침실이 되었다. 무엇으로든, 언제든 채울 수 있다는 것은 무엇에 의해 점유되지 않는다는 의미이니 현대식 주택의 '정원'과는 의미가 다르다.

　현대 도심 주택의 정원은 관상수나 관상초가 자라는 공간이다. 그곳은 사람이 들어가서 쉬거나 놀거나 다른 일을 하는 곳이 아니라, 관상수나 관상초가 자라는 곳, 사람은 관리하고 구경하는 곳이다. 이에 반해 마당은 일하는 곳이자 쉬는 곳이며, 사람과 사람이 만나는 장소였다.

내 어린 시절 우리 동네 아이들은 마당에서 오징어 가생●과 딱지치기, 구슬치기를 즐겼고, 어른들은 밭에서 수확해 집으로 가져온 벼와 고추를 마당에 널어 말렸다. 빨래를 널어 말리기 좋은 장소였고, 암탉이 병아리들을 데리고 나와 모이를 쪼아 대는 장소였다.

그런가 하면 마당은 집주인의 사적인 공간인 동시에 공적인 공간이었다. 삽을 들고 논으로 나가던 이웃이 불쑥 들어와도 내 공간을 침입당했다는 거부감이 들지 않는 장소, 방물장수가 예고 없이 들어와 화장품이나 생활용품을 펴 놓고 집주인과 세상 돌아가는 이야기를 나누던 공간이었다.

집집마다 마당이 있었기에 동네 사람들은 이웃에 어떤 손님이 왔는지, 왜 왔는지, 그 집에 어떤 사연이 있는지 짐작할 수 있었다. 그런 까닭에 마당은 서로 지켜보는 동시에 지켜 주는 안전장치였다.

서로 안전과 평화를 지켜 주는 동시에, 서로 공동체에 해로운 행위를 하지 못하도록 지켜보는 눈이 되기도 했다. 주변에 항상 눈이 있음을 생각했기에 우리는 안전하다고 느꼈고, 동시에 조심스럽게 행동했다. 그러나 벽으로 단절된 도시에서 우리는 안전함을 느끼지도, 품위 있게 행동하지도 않는다.

21세기인 지금도 한국의 시골 마당은 전통적 '마당'의

● 1960-1970년대 한국 어린이들의 놀이. 마당에 오징어 모양으로 선을 그어 놓고 두 편으로 나누어 한 편은 오징어 꼬리에서부터 머리까지 도착하려 애쓰고, 다른 한편은 이를 방어하는 놀이다.

역할을 어느 정도 수행하고 있다. 그러나 요즘은 경로당을 많이 지어, 시골 노인들은 사적이면서도 공적인 경로당에 모여 내 삶을 보여 주고, 이웃의 안부를 살핀다.

시골 경로당에서 할머니들은 함께 밥을 먹고, 함께 논다. 각자 따로 집이 있지만 경로당에서 함께 잠을 청하는 경우도 있다. 그래서 시골 경로당의 할머니들은 외롭지 않고, 아픈 몸으로 홀로 병석에 누워 있는 일도 드물다.

덕분에 21세기인 현재 한국의 시골마을에는 고독사가 거의 없다. 있다고 해도 드물다. 도시에서처럼 사람이 혼자 죽고, 죽은 지 며칠이나 몇 달, 심지어 몇 년이 지난 뒤에 발견되는 경우는 없다. 하루라도 어떤 사람이 보이지 않으면 궁금해지고, 그 집을 방문하게 되기 때문이다. 경로당이 마당과 같은 역할을 수행하고 있는 덕분이다.

사적인 영역인 동시에 공적인 영역인 마당이 도시에는 드물다. 만약 두 집 혹은 서너 집이 함께 참여하는 공동텃밭(공동으로 이용하되 자기 이랑은 따로 경작하는 방식)을 꾸려 간다면 이것이 마당의 역할을 어느 정도 대신할 수 있다.

도시의 단독 주택과 이웃 주택을 구분하는 경계인 담을 허물고 그 공간을 텃밭으로 가꾸는 것도 마당을 회복하는 훌륭한 방법이다. 각자의 영역에서 텃밭을 가꾸기 때문에 사적인 공간인 동시에 옆집 사람이 재배하는 채소를 구경하고 서로 수확한 채소를 나눌 수 있는 대면 공간이기도 하다. 무공해로 신선한 채소를 재배하고 수확할 수 있으니 푸드 마일리지를 줄이는 데도 매우 효과적이다. 집에서 나오는 음식물 쓰레기와 커피 찌꺼기를 묻어 두면 퇴비로 돌아오니 환경을 지키는 데도 크게 도움이 된다.

또한 담을 없애니 서로 안부를 물을 수 있는 훌륭한 '워칭 윈도' 역할도 수행할 수 있다. 지금 현재의 도시 주택은 담으로 막혀 있어 바로 이웃집에서 무슨 일이 일어나는지조차 알 수 없다. 그러나 담을 허물고 그 자리를 텃밭으로 가꾸면 서너 집 건넛집까지 서로 쳐다볼 수 있다.

마당에 벽돌 몇 장 쌓아 간이화로를 만들고 솥이라도 하나 걸어 두면 금상첨화다. 비록 간단하지만 요리시설이 갖춰지면 더 자주, 더 많은 사람이 모여 많은 이야기를 나누고, 많은 일을 함께 하게 된다.

전통적으로 한국의 마을 공동체에는 화폐가치로 평가되지 않는 튼튼한 공동체 안전망이 형성돼 있었다. 1970년 대까지만 해도 한국의 시골마을에서는 어려움을 겪거나 집안에서 큰일을 치르느라 일손이 모자랄 때 부조, 품앗이, 울력 등을 통해 서로 도왔다. 집수리 작업을 돕는다든가, 모내기를 함께 한다든가, 잔치에 부조한다든가 하는 게 그런 예다. 금품이나 물품으로 이웃을 돕는 것을 '금품 부조'라고 하고, 몸으로 어려운 일을 당한 사람을 돕거나 집안의 큰일을 도와주는 것을 '울력'이라고 했다.

혼사나 제사가 있을 땐 이웃과 음식을 나누어 먹었다. 추석 때는 어느 집에서나 각자 송편을 만들었지만, 서로 송편을 나누어 먹었다. 송편이 없어서 나누어 먹은 것이 아니라 정을 나눈 것이다. 그러다 보니 마을 구성원들은 이웃집 제삿날을 아는 정도가 아니라 이웃집 숟가락이 몇 개인지까지 알 정도로 이웃의 사정에 밝았다. 그렇게 이웃을 도움으로써 스스로를 돕고, 스스로를 지킨 것이다.

혼자 살던 사람이 죽고 한 달, 두 달, 1년 혹은 2년이 지난 뒤에야 주검이 발견되기도 하는 21세기 한국의 도회지와는 전혀 다른 모습이었다.

현대 한국인이 전통적 시골마을 사람들처럼 이웃집 숟가락 숫자까지 알며 살 수는 없을 것이다. 그런 삶을 바라지도 않는다. 그러나 사람이 살았는지 죽었는지도 모르며 살기를 바라지도 않는다.

사적이면서도 공적인 영역을 확보하는 것은 그래서 절실하다. 텃밭은 사적이면서도 공적인 영역인 마당의 역할을 훌륭하게 수행할 수 있다. 마을 곳곳의 빈터에, 이웃과 이웃집 사이의 담을 허문 자리에 작은 텃밭을 가꾸면 공동체 문화는 상당 부분 회복될 수 있다. 이웃들이 텃밭 하나를 함께 경작하되, 자신이 가꾸는 이랑을 갖는 방식이라면 합리적일 것이다.

한국에서 '마을'이라는 말은 전통적으로 행정적 구분인 동洞이나 리里와는 다른 개념이다. 마을은 사람들이 자연적으로 모여 이루어진 집들의 집합체라는 의미를 지니지만, 여기에는 사람들 간에 '근린관계' 혹은 '대면관계'가 포함돼 있다. 그냥 집들의 물리적 집합체가 아니라 소프트웨어적 관계망이 형성된 것이다. 이웃을 알고, 이웃이 서로 돕는 관계가 형성된 '집들과 사람들의 집합체'다. 마당의 확장된 정의가 마을이라고 해도 좋을 것이다.

물리적 거리로 보면 도시의 아파트가 옛날 시골집들에 비해 이웃집과 더 가깝다. 그러나 아파트의 집들은 물리적 거리와 무관하게 철저하게 홀로 떨어져 있다. 이웃 간에 얼굴을 모르는 경우가 허다하고, 이웃집에 무슨 일이 있는지는 알 턱이 없다. 사적이되 공적인 공간, 무엇에 독점되지 않는 마당이 없기 때문이다. 담이 이웃과 이웃을 격리하고 사람을 부품으로 만든다면, 마당은 사람과 사람의 관계를 복원해 이웃으로 만들고 사람을 주인으로 만든다.

침산동 아파트 텃밭

서로 돌보고 지켜 주는 이웃

대구시 북구 침산동에 있는 화성2차 아파트는 대구국제공항에서 자동차로 20분 거리, 대구역에서는 5분 거리에 있다. 근처에 이마트, 홈플러스, 동아마트 등 대형 마트만 해도 4개나 있을 만큼 도심 가운데 자리한 아파트다.

4개 동에 488가구 규모인 이 아파트 주민들은 대략 1,000제곱미터(300평) 부지에 텃밭 82필지를 만들어 텃밭을 가꾸고 있다. 이 아파트는 1999년 4월 완공되었는데, 아파트를 건축할 당시에 이미 텃밭 부지를 따로 조성했다. 도심에 있는 대부분의 아파트들이 주차공간으로 쓰는 면적 중 일부를 텃밭으로 만든 것이다.

매년 봄 신청을 받고, 추첨을 해서 당해 연도에 밭을

가꿀 사람을 선정한다. 1년 텃밭 사용료는 물 값을 포함해 5,000원이다.

한 필지는 대략 5제곱미터(약 1.5평)인데 그 정도만 해도 한 가족이 일 년 동안 소비하는 채소의 약 70퍼센트를 수확할 수 있다고 한다. 전체 수확량으로 보면 100퍼센트 이상이라고 할 수 있지만 텃밭에서 가꾸기 힘든 채소는 사 먹을 수밖에 없기 때문에 가구당 필요한 채소의 70퍼센트 정도라는 것이다. 상추나 쑥갓, 들깻잎, 가지, 시금치, 부추 등 잎채소는 조금만 심어도 수확량이 많아 이웃 두세 집이 나누어 먹는 것이 일상화되었다.

도심 아파트에 조성한 텃밭이다 보니 서로 지켜야 할 주의사항이 꽤 많다. 가령 냄새 나는 퇴비 쓰지 않기, 텃밭에서 나는 부산물 잘 갈무리하기 등이다. 텃밭을 가꾸는 사람들은 이웃 주민들을 생각해 값이 조금 더 비싸지만 냄새가 나지 않는 고급 퇴비를 사용하는 등 서로 배려한다.

이 아파트 텃밭에는 주민들이 공동으로 사용할 수 있는 삽, 물조리개, 물통 등이 준비돼 있어 텃밭을 가꾸는 주민들은 각자 호미 하나만 들고 텃밭에 나오면 된다. 그래서 도심 아파트에 거주하는 사람들이 삽을 들고 왔다갔다해야 하는 불편, 흙 묻은 농기구를 집 안으로 들여놓아야 하는 불편 등이 없다.

이곳에서 텃밭을 가꾸는 주민들 다수는 60대 이상이다. 어린 자녀를 둔 30대 부부들도 일부 참가하고 있다. 60대 이상 주민들은 소일거리가 있어서 좋고, 신선한 채소를 직접 재배해 먹을 수 있어서 좋다고 자랑이 대단했다.

1999년 이래 해마다 추첨을 하여 82가구의 텃밭농부를 선정하고 텃밭을 가꾸다 보니 2016년까지 전체 1,394가구가 텃밭을 가꿨다. 이 아파트 전체 가구 수가 488개이니 집집마다 2.8회 이상 텃밭을 가꾼 셈이다. 물론 텃밭에 전혀 관심이 없는 주민도 있는 만큼, 주로 가꾸는 사람들이 자주 가꾼다. 그러나 텃밭이 아파트 초입에 있어 집에 들락거리는 동안 누구나 보게 되고, 텃밭을 직접 가꾸지 않는 주민도 대부분 서로 얼굴을 알고 눈인사를 나눈다.

텃밭을 자주 이용하는 주민들은 얼굴을 아는 정도가 아니라 이야기도 나누고 수확한 채소나 음식을 나누는 등 전통적인 한국의 시골동네처럼 서로 집안일에 대해서도 어느 정도 알고 지낸다. 그런가 하면 30대 부부들은 아이들에게 땅과 흙을 접하고 식물을 키우는 재미와 의미를 자연스럽게 알려 줄 수 있게 돼 좋다고 말한다. 텃밭에서 농사를 지어 본 아이들은 흙을 더럽다고 생각하거나, 곤충을 징그럽게 생각하지 않는다. 이곳의 아이들은 곤충을 작은 생명으로 존중하고 아낄 줄 안다.

나는 한국의 아파트 단지들이 주차장을 확보하듯 텃밭을 확보하기를 바란다. 제도적으로 그렇게 규정해 주기를 바란다. 그래서 벽과 벽으로 격리된 아파트 주민이 텃밭에서 얼굴을 마주 보며 이야기를 나누고 건강한 땀을 흘리기를 바란다. 우리 가족이 먹고 남을 정도로 수확한 채소를 아파트 이웃에게 건넴으로써 서로 인사와 감사를 나누기를 바란다. 그래서 아파트 단지 안에만 들어오면 고향마을에 도착한 느낌을 가질 수 있기를 바란다.

일반 주택이라면 좁고 높다랗게 쌓아 올린 담을 허물고 양쪽 집 식구들이 그 자리를 텃밭 삼아 채소를 기르기를 희망한다. 이웃과 이웃이 상추와 배추, 부추와 고추를 함께 기르고 나누기를 희망한다.

저쪽 건너건너 집 사람이 이쪽 건너건너 집 사람에게 "어쩜 그렇게 토마토를 잘 키웠어요?"라고 인사를 건네기를 바란다. 인사를 받은 이쪽 집 사람이 "저희 토마토 맛 좀 보실래요?"라며 토마토를 한 움큼 건네기를 바란다. 그래서 이웃끼리 서로 돌보고 지켜 주는 사이가 되기를 소망한다.

담이 없어지면 도둑이 늘어날 것 같지만 오히려 도둑이 발을 붙이지 못하게 된다. 담으로 둘러싸인 집은 일단 도둑이 담만 넘으면 자기 마음대로 활개칠 수 있지만, 담이 없는 집은 도처에 지켜보는 눈이 있기 때문에 도둑이 감히 접근

하지 못한다. 담이 없어지는 대신 서로 지켜보고 지켜 주는 '눈'目이 생겨나는 것이다. 게다가 담이 없어지면 '마을'이 생기니 낯선 사람이 마을에 들어오기만 해도 여러 눈이 지켜보게 된다. 스스로를 지키기 위해 홀로 분투해야 하던 개인이 든든한 우군을 얻는 것이다. 그것도 아주 많은 우군을 말이다.

경제적 도움도 주는 도시텃밭

아파트 텃밭은 경제적으로도 도움을 준다. 2010년 김장철 배추 값이 폭등했을 때 대구 침산동 화성2차 아파트 텃밭농부들은 별다른 영향을 받지 않았다.

당시까지만 해도 텃밭 가꾸기는 노인들의 소일거리 정도로 치부되는 분위기였다. 그러나 배추 값 파동으로 서민들이 너도나도 김장을 걱정할 때 이 아파트 텃밭농부들 몇몇은 자신의 텃밭에서 기른 김장배추를 이웃에 나누어 줌으로써 서로 돕는 이웃사랑을 보여 주었다.

텃밭에서 수확한 김장배추 20여 포기 중 자신들이 먹을 10포기 정도를 남기고 10포기를 이웃들에게 나누어 준 것이다. 이때 일로 텃밭에는 전혀 관심이 없던 젊은 입주자들이 텃밭을 바라보는 눈이 달라졌다고 한다. 2016년 겨울에도 김장철 배추 값 때문에 한국의 많은 가정에서 김장 양을 줄이거나 포기하는 경우가 있었지만, 텃밭을 가꾸고 있던 이 아파트 주민들은 김장을 넉넉히 했다.

도심 한가운데 있는 아파트가 이처럼 텃밭을 보유한 덕분에 아파트 값도 다른 아파트에 비해 좀더 비싸다고 한다. 아파트를 구입하기 위해 여기저기 아파트를 물색하던 사람들 중에는 텃밭에 반해 선뜻 구매를 결정하는 경우도 있다.

주민들은 "집을 내놓으면 금방 팔려 버린다"고 입을 모았다. 물론 그것이 오롯이 텃밭 때문이라고 주장하려는 것은 아니다. 편리한 교통, 주거문화시설 등 다른 장점도 많다. 그러나 주민들은 텃밭이 상당한 매력으로 작용하는 것은 분명하다고 강조했다. 특히 노년층과 어린 자녀를 키우는 젊은 부부들에게 텃밭이 상당히 인기가 있다고 한다.

대구시 남구 대명동에 있는 정우맨션은 2013년 기존에 있던 어린이 놀이터를 텃밭으로 꾸몄다. 남구청에서 상자텃밭 50개를 지원받았고, 별도로 40제곱미터 규모의 텃밭을 조성했다. 텃밭이 생긴 뒤 이 아파트에는 커다란 변화가 생겼다. 한 아파트에 살면서도 서로 얼굴조차 모르던 주민들이 텃밭에서 인사를 나누고, 잡초를 뽑고 물을 주면서 서로 알아 가기 시작한 것이다.

주말이면 여기저기서 "상추 좀 갖고 가세요", "고추 좀 따 가세요"라며 인사를 나누는 풍경이 펼쳐진다. 텃밭을 분양받지 못한 사람들 역시 텃밭 구경을 하느라 자주 집 밖으로 나오고, 그렇게 나와서 텃밭을 둘러보고 있노라면 텃밭을 가꾸는 사람들이 채소를 한 움큼씩 따서 주기도 한다. 그렇게 채소를 나누고 고맙다는 인사를 나누다 보니 자연스럽게 이웃사촌이 됐다.

2013년 당시 정우맨션 입주자대표회의 회장이던 권영세 씨는 "주민들끼리 화합하자고 아무리 강조해도 협조가 잘 되지 않았는데 텃밭 하나가 생기고 나서는 아파트 분위기가 확 달라졌다"고 말했다.

텃밭을 구할 때 가장 중요하게 고려해야 할 것은 거리다. 멀어서 텃밭에 한번 갈 때마다 큰 결심을 하고 나서야 갈 수 있다면 밭 가꾸기는 힘들어진다. 여름철에는 2주만 텃밭을 돌보지 않아도 밭은 쑥대밭이 되고 만다. 풀이 키만큼 자라 버리면 지레 지쳐서 텃밭 가꾸기를 포기하게 된다. 자주 텃밭에 들러 풀이 자라기 전에 뽑아 줘야 하고, 가물다 싶으면 물을 주어야 작물이 잘 자란다. 밭이 깨끗하고 작물이 잘 자라야 텃밭에 더 자주 가고 싶기 마련이다. 멀어서 가기 힘들고, 오랜만에 텃밭에 갔는데 잡초가 우거져 있으면 텃밭에 가고 싶은 마음이 사라지고 만다. 게다가 멀리 있는 텃밭에 자동차를 타고 오고가는 동안 발생하는 환경오염도 만만치 않다.

그런 점에서 집에서 가까운 도심텃밭이 좋고, 침산동 화성2차 아파트나 정우맨션처럼 아파트 단지 안에 텃밭이 있으면 더욱 좋다.

거리 다음으로 고려해야 할 점이 가까운 곳에 물이 있는지다. 그다음이 햇빛이 얼마나 잘 드는지, 토질은 어떤지 등이다. 그런 점에서 대구시 침산동 화성2차 아파트 단지 내 텃밭은 최고의 조건을 갖췄다. 텃밭 한쪽에 공동 농기구가 마련돼 있고, 수도와 연결된 대형 물통도 있다. 게다가 아파트 4개 동 중 맨 앞 동의 남쪽 부지에 텃밭이 있어 하루 종일 햇빛이 잘 든다.

내가 침산동 화성2차 아파트 텃밭을 방문했을 때 만난 주민들은 텃밭이 있어서 정말 좋다고 입을 모았다. 자부심이 묻어나는 표정으로 자랑을 늘어놓았다고 해야 더 정확할 것이다. 다른 아파트 부녀회와 관리사무소 등에서 이 아파트 텃밭을 벤치마킹하기 위해 찾아오는 경우도 종종 있다고 한다.

상추 할아버지와 한길 교회

대구시 수성구 청호로 370번지 장원맨션에는 '상추 할아버지'가 산다. 텃밭을 가꾸는 이 할아버지는 텃밭에서 돌아올 때마다 수확한 채소를 봉투 서너 개에 나누어 담아 아파트 라인 입구에 놓아둔다. 그러면 먼저 발견하는 이웃, 저녁상으로 상추와 삼겹살 구이를 생각하는 주부가 가져간다. 저녁에 어떤 반찬을 할지 딱히 생각하지 못한 주부는 상추 봉지를 집어 드는 순간 그날 저녁 메뉴를 결정한다.

그는 장원맨션 주민들, 특히 같은 라인 사람들 사이에서 상추 할아버지로 통한다. 한두 번씩 상추와 들깻잎을 얻어먹다 보니 주민들은 자연스럽게 인사를 나누고 안부를 묻는다. 텃밭을 가꿀 뿐인데, 아파트 라인 출입구가 '마당'이 되는 것이다. 이웃끼리 얼굴도 모르던 아파트에 상추 마당이 생기자, 새침데기 주부들이 동네 할아버지 할머니 들과 인사를 나누기 시작했고, 인사를 해야 할지 말아야 할지 쭈뼛대던 아이들이 "할아버지, 안녕하세요!"라고 큰소리로 인사하며 뛰어나간다.

한길 교회(대구시 수성구 교학로 19길) 교인 20여 명은 2014년 3월부터 청석과 풀로 뒤덮여 방치되던 교회 뒤편 땅과 교회 입구 자투리땅을 한 달 동안 개간해 농사를 짓기 시작했다. 두세 명씩 조를 짜고 자기가 농사지을 이랑을 정하고, 매주 일요일마다 예배를 마치고 함께 농사를 짓고, 함께 점심을 먹는다. 어린이들부터 중장년, 노년에 이르기까지 이 교회 교인들 모두 참여한다. 초등학생도 있고, 대학교수도 있고, 식당 주인도 있고, 무료하게 집을 지키던 노인도 있다.

이 텃밭에서도 물론 농약이나 비료를 쓰지 않는다. 매년 가을에 교회를 둘러싸고 있는 상수리나무에서 떨어진 잎을 수북하게 긁어모으고, 집에서 나오는 음식물 쓰레기를 섞어 1년 동안 충분히 부숙하여 퇴비로 만든다. 농약 역시 직접 만든 천연농약을 쓴다.

이 좁은 땅에서 나오는 야채는 풍성하다. 오이, 호박, 가지, 쑥갓, 상추, 배추, 토마토, 감자, 들깻잎, 옥수수, 근대 등 20여 명이 매주 일요일마다 점심을 함께 먹기에 충분하다. 손님을 접대할 요량으로 작정하고 집에서 차리는 웬만한 식단보다 더 풍성하다. 그러고도 남는 야채는 조금씩 집으로 가져가 이웃들과 나눠 먹는다. 또한 교회 근처에 사는 사람들을 초대해 텃밭에서 수확한 야채로 식사를 함께 하기도 한다.

아이들은 흙을 파헤치며 즐거워하고, 노인들은 젊은 시절 농사 경험을 살려 농사를 모르는 젊은이들과 아이들을 지도하는 재미가 쏠쏠하다. 박사학위까지 취득한 젊은 대학교수도 농사에 관한 한 할아버지 할머니 들의 상대가 되지 못한다. 그저 고개를 끄덕이며 어르신들의 가르침에 충실히 따라야 한다. 세상을 시끄럽게 하는 이슈가 터질 때마다 대학교수의 의견을 잠자코 경청하던 할아버지와 할머니 들은 밭일에 관한 한 이곳에서 최고 전문가다.

풀이 자라던 땅을 개간해 텃밭을 가꾸면서 이 교회 사람들은 하나의 공동체가 됐다. 이전에는 예배가 끝나면 각자 집으로 돌아갔지만, 지금은 일요일마다 이야기를 나누고, 함께 일을 하고, 함께 식사를 한다.

처음 이곳 텃밭 아이디어를 낸 현종문 씨(독립영화 감독)는 "아이들도 좋아하고, 어르신들도 좋아하신다. 신선한 야채를 먹는 것도 행복하지만 무엇보다 공동체 인식이 형성됐다는 점이 가장 좋다. 아이들은 생명의 신비로움과 자연의 아름다움을 피부로 직접 느낄 수 있어서 더욱 좋다"고 말한다.

가족, 대화의 물꼬

경제협력개발기구OECD 「2015 삶의 질」How's life? 보고서에 따르면 한국 어린이들이 부모와 함께 하는 시간은 OECD 국가 중에서 가장 짧은 하루 48분이다. 아빠와 같이 놀거나 아빠가 공부를 가르쳐 주거나 책을 읽어 주는 시간은 하루 3분, 돌봐 주는 시간도 3분에 불과했다. OECD 평균은 하루 151분이고 이중 아빠와 함께 하는 시간은 47분인 점을 고려하면 매우 짧은 수준이다. 이웃나라 일본 어린이들만 해도 아빠와 함께 놀거나 공부하는 시간이 하루 12분으로 한국보다 길다.

한국 어린이들의 학업성취도는 OECD 최상위권이다. 15세 이상 읽기 능력은 2위, 컴퓨터 기반 문제해결 능력은 1위다. 성인이 돼 투표할 의향이 있는 14세 청소년의 비율이 3위에 이를 정도로 사회의식도 높다.

그러나 15-19세에 학교를 다니지 않고 취업도 하지 않고 직업훈련도 받지 않고 방치된 비율이 터키, 멕시코 등에 이어 세계 아홉 번째로 높다. 중상위층은 상당한 지적 능력과 교육수준을 자랑하지만, 맨 꼴찌층 비율도 상당한 분포를 형성할 만큼 극심한 빈익빈부익부 현상을 보이는 것이다.

그런가 하면 14세 청소년 중 지난 12개월간 사회활동에 참여한 비율은 OECD 국가 중 세 번째로 낮았고 중학교 2학년 학생이 자원봉사활동을 한 비율은 최저였다. 이는 한국 학생들이 학교 공부나 사설학원 공부, 학업성취도 등에서 매우 높은 수준이지만 공부를 제외한 대외활동이 상대적으로 제한되어 있음을 보여 준다. 오직 공부만 하는 것이다. 이를 공장식 축산농가에서 사육하는 돼지, 닭 혹은 대량으로 표준화된 방식으로 재배하는 채소에 비유하면 너무 지나친 것일까.

대외활동이 부족한 한국의 청소년들에게 텃밭은 훌륭한 보조 생활교육이 된다. 농림축산식품부가 2015년 경기도 과천에서 '꿈틀 어린이 텃밭학교'를 운영한 결과 텃밭에서 농작물을 재배·수확한 아이들은 부모와 관계가 나아지거나 학교폭력이 감소하는 것을 확인할 수 있었다.

농식품부는 2015년 5월부터 초등학생 56명을 대상으로 20주간 텃밭학교를 열었다. 200여 평 텃밭(1인당 약 3.6평)에서 아이들은 텃밭 디자인, 채소 모종 심기, 비료 주기, 잡초 뽑기, 수확하기 등 다양한 경험을 했다.

이 기간 동안 농촌진흥청은 텃밭학교에 참가하는 학생들을 대상으로 '꿈틀 텃밭학교 프로그램 참여가족 변화' 연구를 진행했다. 연구 중간분석 결과 아이와 부모의 관계가 개선되고, 이웃과 교류가 증가하며, 학교폭력 경험이 감소한다는 결과를 확인했다.

어린이와 부모, 특히 아버지와의 관계는 텃밭학교 이전(3.47점/5점 만점)보다 이후(3.64점)가 나아졌으며 이웃과의 교류(53.2퍼센트→63.6퍼센트)도 증가했다. 부모와의 의사소통은 텃밭활동을 하는 시기에 3.97점까지 상승했다가 활동이 없는 여름 방학 동안 다시 줄었다(3.88점).

참가한 아이들의 가해 경험·피해 경험 사례를 조사한 결과 학교폭력 경험도 줄었다. 아이들은 텃밭학교 교육 전엔 평균 5회 학교폭력을 경험했지만 교육 후엔 평균 3회 학교폭력을 경험한 것으로 조사됐다. 농촌진흥청은 "아빠와 관계가 소원하던 자녀들이 아빠에게 말을 걸고, 아빠는 자녀들과 대화하면서 장난치는 모습 등이 스스로 기록한 텃밭일지에도 많이 나타난다. 농업에 대한 친근감뿐만 아니라 노동의 가치와 책임감 인식, 채소에 대한 거부감 해소 등도 관찰됐다"고 밝혔다.

또 도시텃밭을 계기로 농업의 중요성을 알릴 수 있었을 뿐만 아니라, 어린이들의 정서 함양, 가족관계 개선, 농촌에 대한 인식 변화 등 다양한 효과를 얻을 수 있었다. 경쟁만 강요하는 한국의 현대 교육, 특정한 분야 전문인으로 양성을 목표로 폭주기관차처럼 달리는 한국 교육에서 텃밭은 쉼터이자 신선한 공기를 들이킬 수 있는 허파 구실을 한다.

대구도시농부학교를 운영하면서 나는 한 가지 확신을 갖게 됐다. 텃밭이 생기면 가족의 주말 일상이 달라진다는 것이다. 텔레비전 앞에 앉아 다른 사람의 이야기를 간접 소비하면서 세월을 보내던 사람들이 텃밭으로 나와 자기 가족들의 이야기를 만들어 간다. 가족끼리 나눌 이야기도 많아진다. 공통의 관심사가 생기기 때문이다. 텃밭 가꾸기라는 공통의 목표가 생기니 가족 간 공감과 결속력은 더욱 높아진다.

뿐만 아니라 생명에 대한 경외심이 더욱 커진다. 아무리 재주가 좋은 농부라도 서리 내리고 땅이 꽁꽁 얼어붙는 겨울에 씨앗을 싹 트게 할 수는 없다. 씨앗은 자연의 시간에 맞춰 싹 트고 꽃을 피우고 열매를 맺는다. 텃밭농사를 지으면 농사는 사람이 하는 일이 아니라 하늘이 짓는 것임을, 농부는 주인공이 아니라 조력자임을 선명하게 깨닫는다. 그런 과정에서 사람 역시 자연의 일부임을 알고 겸손해진다.

사람이 할 수 있는 일이 있고, 할 수 없는 일이 있으며, 사람이 할 수 있으되 하지 않아야 할 일이 있음도 알게 된다. 살충제와 제초제 사용, 비닐멀칭, 닭 부리와 돼지 꼬리 자르기 등은 사람이 할 수 있는 일이지만 해서는 안 되는 일이다. 그 속에서 우리는 자연과 사람, 사람과 동물, 사람과 사람, 사람과 사회가 공존하는 세상을 보게 된다.

꿈에 그린 텃밭 이야기
` ` ` ` ` ` ` `

2015년 10월 충남 청양에서 독거노인이 자살했다. 그
해 11월 대구에서는 60대 독거노인이 숨진 지 두 달 만에
발견됐다. 한국에서 2014년 한 해 동안 스스로 목숨을 끊
은 노인은 3,500명이었다. 2010년부터 2014년까지 5년
동안 2만 명의 노인이 자살했다. 하루 평균 11명꼴이다.

자식들이 교육과 직업을 찾아 집을 떠나고 홀로 집에
남은 노인이 빈곤과 질병, 고독을 이기지 못해 자살을 선
택하는 것이다. 한국의 노인 빈곤율은 OECD 국가 가운데
1위다. 노인 절반이 빈곤에 허덕이고 있으며, 노인 자살률
역시 1위다.

한국 정부는 독거노인의 고독사와 자살을 예방하기 위
해 각종 정책을 펼치고 있는데 그중 대표적인 것이 보건복

지부와 농림축산식품부가 농촌 노인을 대상으로 실시하는 '공동시설 지원'과 '독거노인 친구 만들기' 시범 사업이다. 독거노인 친구 만들기 사업은 노인이 집 밖으로 나와 다른 노인들과 어울리면서 친구가 될 수 있도록 지원하는 사업이다.

독거노인 친구 만들기 사업에는 여러 가지가 있을 수 있는데 '공동텃밭'이야말로 매우 효과적인 친구 만들기 매개체라고 할 수 있다. 물론 함께 텃밭을 가꾸더라도 개인별 독립성을 확보하기 위해서는 공동텃밭을 조성하되 각자 영역을 정해 텃밭을 가꾸는 것이 더 효과적이다.

텃밭은 다른 레저스포츠에 비해 비용이 적게 들고, 다툼의 여지도 적다. 게다가 작물을 보살펴야 하므로 비교적 많은 시간을 투입해야 한다. 무엇보다 자신이 직접 재배한 신선한 야채를 많이 먹을 수 있고, 잉여 생산물을 이웃과 나눌 수 있다는 장점도 있다. 일단 텃밭을 분양하고 나면 일일이 행정관청에서 관리하지 않아도 된다는 점도 큰 장점이다. 독거노인 돌보미가 매일 찾아가서 상담하거나 보호할 필요가 없다.

서울시 도봉노인복지관은 2013년부터 '꿈에 Green(그린) 텃밭 이야기'라는 이름으로 독거노인을 위한 텃밭을 운영했다. 농사를 지어 본 적이 거의 없는 노인 30명을 대상으로 텃밭 가꾸기를 시작했기 때문에 개인 분양이 아니라 15명이 한 조가 돼 작은 텃밭을 가꾸는 방식으로 했다.

함께 밭을 일구고, 씨앗을 뿌리고, 물을 주고, 풀도 뽑고, 수확도 했다. 수확하는 날에는 다 같이 음식을 만들어 먹고, 이웃에게 나누어 주기도 했다.

홀로 사는 노인은 대체로 집 밖 출입을 하지 않는 편이다. 그러나 텃밭을 가꾸기 시작한 뒤에는 아침에 눈만 뜨면 상추, 배추, 고추가 어떻게 자라는지 궁금해 텃밭에 오고 싶다는 사람들이 생겨났다.

텃밭에 나오게 되면서 생활도 많이 달라졌다. 밖으로 나들이를 자주 할 수 있으니 좋고, 흙을 만지고 돌을 치우고 풀을 뽑고 햇볕을 마음껏 쬐니 좋다. 일 년 내내 땀 한 방울 흘리는 일이 드물었는데, 텃밭을 가꾸느라 땀을 흘리니 몸 컨디션도 기분도 좋아졌다. 평소에 거의 움직이지 않던 사람들이 나와서 일도 하고, 종일 한마디도 하지 않고 지내다가 텃밭에 나와서 이야기도 나누고, 채소를 뜯어서 식사도 함께 하니 즐겁다고 한다.

도봉노인복지관이 꿈에 Green(그린) 텃밭 이야기를 시작한 것은 단순히 텃밭을 가꾸는 기술을 가르치겠다는 목표 때문이 아니었다. 홀로 사는 노인에게 정서적인 지원을 해 주고, 사회관계망을 형성하기 위해서였다.

그 결과 거의 외출하지 않고, 이웃과 왕래도 적어서 우울감이 있던 사람들이 텃밭에서 여러 사람과 어울리면서 전보다 많이 밝아졌다. 물론 도봉노인복지관이 텃밭 가꾸기만한 것은 아니다. 의사소통 프로그램과 초보자를 위한 원예활동 프로그램도 함께 진행했다.

2014년에는 전년도 텃밭 참가자 중에서 10명을 멘토로 하고 20명을 새로 모집해 3인 1조로 텃밭을 가꾸도록했다. 낯선 사람들끼리 함께 텃밭을 가꾸며 이야기를 나누고 식사도 하면서 대화도 늘어났다. 채소를 가꾸고 또 수확물을 나눠서 가져가고, 일정량은 지역의 경로당이나 아동센터에 나누어 주었다. 김장을 담가 이웃에게 나눠 주기도했다.

이런 과정을 통해 항상 주변의 도움을 받아야 하거나혼자서는 아무것도 할 수 없다는 무기력감에 빠져 있던 노인들은 지역사회를 위해 자신도 도움을 줄 수 있다는 만족감을 얻게 되었다고 한다.

꿈에 Green(그린) 텃밭 이야기 사업성과를 분석한 결과, 독거노인들의 생활만족도는 상당히 높아진 것으로 나타났다. 우선 사회관계망 척도가 높아졌고, 우울감에 빠져 있던 노인들은 훨씬 밝아졌다. 이웃과 대화를 나누고 관계를 맺는 것도 이전보다 훨씬 편하게 여기게 됐다. 이전 같으면 설령 말을 걸고 싶은 사람이 있어도 말 붙이기가 어려워 포기하던 사람들이 이제는 조금 편하게 말을 붙이기 시작한 것이다.

도봉노인복지관은 "텃밭 가꾸기 이후 생활만족도 조사에서 각 항목별로 10점 만점에 1점에서 3점 정도 척도가 높아졌다는 것을 확인했다"고 밝혔다. 그러나 도봉노인복지관 관계자는 동절기에 들어서서 텃밭을 가꿀 수 없을 때는 생활만족도가 다시 이전처럼 떨어지기 때문에, 적절한 다른 대책이 필요하다고 덧붙였다. 복지관이나 행정관청이 노인을 대상으로 텃밭사업을 실시할 때 염두에 두어야 할 부분이다.

꿈에 Green(그린) 텃밭 이야기에 참가하는 노인은 70대와 80대가 주축이다. 아무리 텃밭 규모의 농사라고 해도 고령의 노인에게는 힘든 일일 수도 있다. 그래서 도봉노인복지관 측에서는 직원을 상시적으로 붙여 힘든 일, 어려운 일, 다소라도 위험해 보이는 일을 미리미리 대신했다. 그러다 보니 인력 활용에 상당한 어려움이 있었다고 한다.

그에 대한 대책으로 도봉노인복지관이 생각해 낸 것은 텃밭을 터전 삼아 인근의 초등학교 중학교 학생과 노인을 연계하는 프로그램이다. 초등학교 중학교 학생이 일정량 의

무적으로 채워야 하는 봉사활동을 텃밭에서 행하도록 한 것이다.

물주기처럼 노인들이 하기 힘든 일을 인근 학교의 학생들이 아침에 일찍 나와 대신 해 주었다. 이 과정에서 아이들과 노인들은 자연스럽게 이야기를 나누게 되었고, 아이들은 식탁에서만 보던 채소를 밭에서 보게 되고, 채소가 어떻게 자라는지, 채소가 자라는 데 무엇이 필요한지도 알게 되었다. 노인들 역시 이야기 상대가 생겨서 좋았다. 특히 자신이 아는 농사지식과 채소에 대한 지식을 아이들에게 이야기해 줄 때는 생활의 만족감도 상당히 높아진 것으로 나타났다. 자신의 이야기에 귀 기울이는 사람이 있고, 자신이 들려줄 이야기가 있어 자존감이 높아진 것이다.

맞벌이 부모, 외부모 등과 함께 사느라 부모와 이야기할 시간이 거의 없고, 흙을 만지거나 자연을 접할 기회가 적은 지역 아동센터 아이들과 노인들이 함께 텃밭을 가꾸는 동안 양쪽 모두 커다란 만족감을 얻었다고 한다. 그야말로 텃밭을 매개로 서로 지켜보고 지켜 주는 관계가 형성되는 것이다.

혹 이 책을 읽고 학생과 노인 간 관계망을 구축하려고 시도하는 기관이 있을 수도 있다. 그런 작업에는 몇 가지 주의사항이 있다.

도봉노인복지관 텃밭 담당자는 노인 텃밭을 운영하기 위해 인근 초등학교 중학교와 연계할 때 가장 크게 고려해야 할 사항이 '담당 교사의 텃밭에 대한 관심도'라고 조언했다. 텃밭에 전혀 관심이 없는 교사가 담당할 경우 학생들의 참여율이 무척 저조해 참가하는 학생들에게는 물론 노인들에게도 성가신 일이 될 수도 있다는 것이다.

텃밭의 중요성을 아는 교사는 적극적으로 학생들을 독려하기 때문에 학생들 역시 의욕을 갖게 되고, 학생들이 열성적으로 참여할수록 노인들도 더욱 힘을 내기 때문이다. 학생들이 텃밭에 자주 오지 않거나 와서도 관심 있게 참여하지 않을 경우 학생들이 없는 편보다 못할 수도 있다는 말이었다.

도봉노인복지관 텃밭 담당자는 "노인들이 모두 텃밭 가꾸기를 좋아하는 것은 아니다. 또 고령의 노인들은 몸이 약해 홀로 해낼 수 없는 일이 많다. 그러나 그런 점을 보완하기 위해 복지관이나 행정 기관, 텃밭학교 등에서 인력을 상시적으로 배치하는 것은 (도봉노인복지관의 시행 경험으로 볼 때) 옳은 방법이 아니다"라고 지적한다.

인력 운용 효율이 무척 떨어질 뿐만 아니라, 그렇게 직원들이 일일이 다 챙겨 주면 노인들은 텃밭 가꾸기에서 얻는 것이 별로 없고, 따라서 참여 욕구가 떨어지고 텃밭에서 점점 멀어질 수 있다는 것이다. 처음에는 도와주어서 편하다고 생각하던 노인들이 시간이 갈수록 텃밭 가꾸기를 자신의 일이 아닌 복지관의 일로 간주하고, 자신은 관찰자 정도로 물러나 버린다고 한다.

독거노인에게 텃밭은 정서적으로 또 육체적으로 매우 큰 도움이 된다. 그러나 텃밭에 대한 관심도는 사람마다 다르므로 일정한 구역 내 모든 노인을 대상으로 하기보다는 지원자를 중심으로 텃밭을 분양하는 것이 훨씬 효과적이다.

텃밭농사의 성공 여부는 접근성에서 판가름 나는 경우가 많다. 특히 이동하기 불편한 노인에게는 접근성이 더욱 중요하다. 따라서 집에서 가까운 곳에 텃밭을 제공할 수 없다면, 집집마다 상자텃밭을 공급하는 것도 좋다. 집 앞에 상자텃밭 한두 개만 제공해도 스스로 관리하는 습관을 갖게 된다고 한다. 더 나은 방안으로는 집 가까운 곳 일정한 구역에 상자텃밭 공동구역을 정하고, 각자의 상자텃밭을 가꾸도록 하는 것이다. 자기 집 앞의 텃밭도 좋지만 공동구역을 정하면 노인들이 서로 대화도 하고 텃밭 가꾸기 지식도 넓힐 수 있어 더욱 알찬 가꾸기 활동이 될 뿐만 아니라 공동체 정신 회복에도 도움이 된다.

가까운 곳에 공동텃밭 부지를 구하기는 어렵다. 그렇다고 너무 먼 곳에 텃밭을 구하는 것은 옳지 않다. 복지관이나 행정 기관에서 노인들을 위한 텃밭 교통편을 제공할 수 있다고 하더라도, 걸어서 갈 수 있을 만큼 가까운 텃밭이나 상자텃밭보다는 효율이 떨어지기 때문이다. 더구나 복지관이나 행정 기관에서 제공하는 자동차를 타고 단체로 텃밭에 오고가는 방법은 결코 효과적이지 않다. 가까운 곳에 적절한 부지를 구할 수 없다면 상자텃밭, 화분텃밭을 적극 이용하는 것이 좋다.

텃밭은 자신이 가고 싶은 시간에 편리하게 둘러볼 수 있을 때 성공률이 높기 때문이다. 도봉노인복지관의 노인 텃밭사업 담당자는 "먼 곳에 공동텃밭을 구하고 단체로 이동하다 보니, 노인들 시간을 일일이 맞춰야 하고, 나오기로 했다가 나오지 않는 분들도 있고, 텃밭 일을 마친 후 다음 일정을 생각하던 노인들이 시간에 쫓기는 바람에 서로 얼굴을 붉히는 경우도 있다"며 자동차를 이용해 단체로 이동하는 텃밭 가꾸기에는 부정적인 평가를 내렸다.

도심에서 텃밭을 구하기 어렵다 보니, 복지관이나 행정 기관에서는 10인 1조, 5인 1조, 3인 1조 등 노인들이 일정 구역의 텃밭을 공동으로 가꾸도록 하는 경우가 많다. 그러나 일정 구역을 공동으로 가꾸다 보면 자주 나오는 사람, 자주 나오지 않는 사람, 나와서도 일을 많이 하는 사람, 일을 적게 하는 사람이 있고, 심고 싶은 작물이 서로 다르고, 재배하는 방법도 차이가 있어 서로 불만이 생기는 경우가 많다.

작물 재배법은 전문가 한두 사람이 일정한 매뉴얼을 정해 가르칠 수 있지만 공동작업으로 발생하는 인간관계의 불편함을 감당하기는 어렵다. 사공이 많으면 배는 산으로 가기 마련이다.

도봉노인복지관 담당자는 "적은 면적이라도 개인별로 할당하는 것이 더 효과적이다"라고 말한다. 자기 밭을 따로 정하고 자신이 키우고 싶은 작물을 홀로 키우면 이웃 텃밭 노인과 관계도 자연스럽게 좋아지는데, 공동으로 경작할 경우 다툼이 생길 여지가 많다는 것이다.

장애인 행복텃밭

장애인에게 텃밭 가꾸기는 일견 불가능해 보이지만, 협동과 자존감, 공동체를 배울 수 있는 훌륭한 계기가 된다. 2004년 대구시 수성구청은 전국 지방자치단체 최초로 지체장애인을 대상으로 텃밭을 운영했다. '장애인 행복텃밭'이다. 2004년에는 50가구에 텃밭을 분양했고, 점점 늘어나 2016년에는 100여 가구가 참여하고 있다.

수성구청이 운영하는 이 텃밭은 장애인 한 사람에게 분양하는 형식이 아니라 장애인 가족에게 분양하는 형식이다. 이동과 장애인 농작업의 어려움을 고려해 가족 전체 구성원이 장애가 있는 구성원을 번갈아 돕도록 한 것이다.

애당초 수성구청은 주말농장 형식으로 가족이 쉬는 주말과 휴일에 상추, 쑥갓, 열무, 배추 등을 가꿀 수 있도록 했다. 평일에는 가족이 직장에 나가야 하는 만큼 장애가 있는 식구를 동반해 텃밭에 나올 수 없다는 점을 고려한 프로그램이었다.

그런데 놀라운 현상이 발생했다. 가족이 쉬는 주말과 휴일을 기다리지 못하고 너무나도 텃밭에 나가고 싶어 하는 장애인이 늘어나면서 장애인들 스스로 역할을 분담해 관계를 맺기 시작한 것이다. 가족과 함께 텃밭에 가려면 일주일을 기다려야 하지만, 장애인들이 역할을 분담하고 서로 도와주니 거의 매일 텃밭에 나갈 수 있게 되었다.

장애인 가족에게 텃밭을 분양하고 두 달이 조금 지났을 무렵, 장애인 행복텃밭 가꾸기 사업에 참가한 60대 남자가 자신의 자동차로 이동하기 불편한 장애인들을 텃밭에 태워다 주기 시작했다. 그 역시 장애인 행복텃밭을 가꾸는 장애인인데 운전을 할 수 있고, 자동차를 소유하고 있었다.

텃밭을 가꾸는 과정에서 그는 장애인들이 텃밭에 나오고 싶어도 교통편이 없어 자주 나오지 못한다는 사실을 알게 되었다. 그들을 위해 그는 운전을 했고, 텃밭을 분양받지 못해 집에서 종일 지내는 장애인들을 위해 자신이 재배한 채소를 나눠 주었다. 그렇게 해서 거의 매일 텃밭에 나오는 사람, 텃밭에서 거의 종일을 보내는 사람들까지 생겨났다.

그뿐만이 아니었다. 쪼그려 앉기 힘든 사람을 위해 이

동식 의자를 만들어 주는 사람이 나타났고, 텃밭에 물주기가 힘든 중증 장애인을 대신해 경증 장애인이 물주기를 도와주기도 했다. 열심히 씨를 뿌리고, 풀을 매고, 농작물을 가꾸며 여가생활도 즐기고, 이웃을 돌보고, 이웃과 수확물을 나누기까지 하게 된 것이다. 전동 휠체어를 타고 오는 사람, 스쿠터를 타고 오는 사람, 목발을 짚고 오는 사람, 다른 사람의 자동차를 얻어 타고 오는 사람 등 장애인 행복텃밭은 그야말로 행복 공동체가 되었다.

이렇게 모인 사람들은 자연스럽게 공동체를 형성하고, 수다를 떨고, 텃밭 가꾸기 정보를 교환하고, 올겨울 김장 걱정을 함께 하고, 머리를 맞대고 묘안을 짜냈다. 장애인 행복 텃밭에 참가하는 이 모 씨는 "평생 집에 꽁꽁 숨어 살았는데, 텃밭 덕분에 평생 함께 어울릴 친구들을 사귀게 됐다"며 기뻐했다.

상황이 이렇게 발전하자 수성구청은 2015년부터 장애인과 장애가 없는 사람에게 함께 텃밭을 분양했다. 전체 밭의 3분의 1은 장애인에게, 3분의 2는 일반인에게 분양한 것이다. 처음에는 다소 우려도 있었다. 일반인이 장애인과 함께 텃밭을 가꾸기 싫다거나 장애인이 일반인과 비교된다며 공동텃밭을 거부할 수도 있다고 생각했기 때문이다.

그러나 상황은 예상과 달랐다. 장애인들과 건강한 사람

들이 서로 도와 가면서 텃밭을 가꾸기 시작했다. 장애인들에게는 힘든 물주기 작업을 건강한 사람들이 대신 해 주고, 직장에 다니느라 자주 밭에 나오지 못하는 사람들의 밭에 무성하게 자라나는 풀을 매일 밭에서 살다시피 하는 장애인들이 뽑아 주었다.

신체 장애가 없는 사람이 풀을 뽑는 것보다 장애인이 풀을 뽑는 데 시간이 훨씬 많이 걸리기 마련이다. 이런 과정을 통해 건강한 사람들은 장애인이 일상에서 겪는 어려움을 피부로 느끼게 됐고, 장애인들도 세상이 자신들을 차갑게만 바라본다는 인식에서 벗어나는 계기가 됐다.

장애인을 집이나 시설에 격리하고 전문 의료진이나 복지사들이 살피는 '대규모 자본주의' 보호방식에서 벗어나 서로 지켜보고 서로 돕는 '작고 따뜻한 자본주의'를 작동시키기 시작한 것이다.

텃밭에서 채소를 가꾸고 수확함으로써 장애인 가구들은 경제적으로도 큰 도움을 얻고 있다. 텃밭에서 나오는 야채가 경제적으로 얼마나 도움이 된다고 '큰 도움'이라고까지 말할까 싶지만 가족 중에 장애인이 있는 가정에 텃밭의 경제 효과는 평범한 사람이 예상하는 것 이상이다. 일반적으로 가족 중 장애인이 있는 가정이 경제적으로 가난한 데다 치료비가 많이 들어 지출은 더 많기 때문이다.

2013년 기준으로 볼 때 전체 장애인 중 16.1퍼센트가 기초생활보장 수급자이며, 전체 장애인 중 46.2퍼센트가 월 150만 원 미만의 소득에 머물고 있다. 게다가 일반 가구는 월평균 소득(324만 원) 중 3.4퍼센트(11만 원)를 의료비로 지출하지만, 장애인 가구는 월평균 소득(115만 원) 중 20.8퍼센트(24만 원)를 의료비로 지출한다. 장애로 인한 치료비, 건강 유지비가 더 많이 드는 것이다. 장애인 가구는 이처럼 소득은 적고 지출은 많은 형편이기 때문에 텃밭에서 나오는 채소가 일반인 가구보다 가정 경제에 더 큰 도움이 된다.

이들 장애인은 또 자신이 무료로 텃밭을 이용할 수 있도록 해 준 데 대해 감사를 전하기 위해 수확물 중 일부를 모아 함께 김장을 담그고, 이웃에게 나누어 주기도 한다. 가족과 사회로부터 늘 보살핌을 받는 처지에 있던 사람들이 보살핌을 주는 존재가 되고, 자기 주도로 무엇인가를 해내는 성취감도 얻는 것이다.

행복텃밭은 장애가 있는 사람을 격리하는 곳이 아니다. 오히려 각 개인에게 저마다의 자리와 역할을 부여함으로써 사회에서 자신의 역할을 찾고, 보람을 찾도록 한다. 게다가 사람과 작물, 사람과 사람 사이에 관계를 맺게 함으로써 혼자가 아니라 함께 살아가는 존재임을 인식하게 한다.

장애인 행복텃밭이 인기를 얻고 널리 알려지자 장애아를 키우는 부모들이 텃밭을 신청해 함께 어울리는 공간을 만들어 가고 있다. 몸과 마음이 불편해 실내에만 있던 장애 아동들이 자연과 어울리면서 점점 더 크게, 자주 웃음을 터뜨린다.

교육 전문화의 반란, 공동육아

대구시 수성구 시지동에 있는 '대구 공동육아 사회적 협동조합'은 1995년 공동육아를 위해 설립한 협동조합이다. 부모들이 설립한 공동육아 협동조합으로는 한국에서 두 번째다. 지금은 대구뿐만 아니라 서울, 경기, 충청, 전라, 강원, 경상 등 전국 어디나 공동육아를 위한 협동조합이 설립돼 있다. 꾸준하게 증가하고 있지만 그 숫자는 아직 미미하다.

한국의 부모는 대체로 자녀가 만 4-5세가 되면 어린이집에 보내고, 만 6세가 되면 유치원에 보내고, 만 7세가 되면 초등학교에 입학시킨다. 맞벌이 부부나 부부 이혼 등 사정에 따라서는 2-3세부터 자녀를 어린이집에 맡기는 부모도 있다.

그렇게 자녀교육을 시작하고, 초등학교에 입학한 뒤에는 학교 수업이 끝나면 곧장 사설학원으로 보내 선행학습, 복습 등 학과 공부를 하도록 한다.

만 5-6세 때는 어린이집이나 유치원과 별도로 피아노와 플루트 등을 배우도록 음악학원에 보내거나 태권도, 합기도, 무용, 검도를 배우도록 체육 관련 사설 운동시설에 보내는 경우가 많다. 그러나 일단 자녀가 초등학교에 입학한 뒤에는 예체능 관련 학원을 중단하고 주로 학업과 관련한 사설학원에 보내는 것이 일반적이다.

공동육아 사회적 협동조합 조합원들은 자녀를 공립이나 사설 어린이집 혹은 유치원에 보내는 대신 부모가 공동으로 설립한 협동조합에서 함께 아이들을 양육한다. 협동조합에 가입하려는 부모들은 자녀들이 초등학교에 입학한 뒤에도 사설학원에 보내 추가로 공부를 시키지 않겠다고 약속해야 가입할 수 있다.

자식의 양육을 오직 전문가 집단에 맡기는 대신 부모가 적극적으로 참여하겠다는 선언인 동시에 학교 공부, 곧 교육과정 공부에 크게 매달리지 않겠다는 것이다. 1970년대 이전 한국 가정의 전통적인 양육방식과 비슷한 양육방식을 채택했다고 볼 수 있다. 1970년대까지만 해도 대부분의 한국 어린이들은 유치원이나 어린이집처럼 전문적이고 체계적인 교육 시스템이 아니라 부모의 생활방식과 언행, 함께 어울리는 동네 친구들과의 관계에서 세상을 배우고, 각자의 역할과 의무를 체득했다.

대구 공동육아 사회적 협동조합은 2개 기관을 운영하고 있다. 하나는 '씩씩한 어린이집'으로 4세부터 7세까지 아동을 대상으로 돌봄 서비스를 실시하는 곳이다. 다른 하나는 '해바라기 방과 후'로 초등학교에 입학한 아동들이 학교 수업이 끝난 뒤 사설학원에 가는 대신 해바라기 방과 후 시설로 와서 옛날 동네 아이들처럼 함께 놀고, 함께 공부하는 공간이다. 대구 공동육아 사회적 협동조합에는 50여 가구가 가입해 있고, 아이들은 씩씩한 어린이집에 30명, 해바라기 방과 후에 40여 명이 참여하고 있다.

사설 어린이집은 사업 주체인 원장이 어린이집을 설립한 뒤, 교사를 채용하고 아동을 모집하는 것이 일반적이다. 그러나 공동육아 협동조합이 운영하는 어린이집은 조합원인 부모들이 어린이집을 공동으로 설립하고 교사를 채용한다. 원장은 없다. 교사들이 1년이나 6개월 단위로 돌아가면서 대표교사라는 직책을 맡는다.

'씩씩한 어린이집'은 교실 4개에 교사 6명으로 구성돼 있다. 4명은 담임교사이고, 1명은 대표교사, 1명은 영양교사다. 여기에 부모들이 번갈아 가며 일일 교사로 참가한다.

대구 공동육아 사회적 협동조합은 부모가 조합장과 이사장, 각 분과위원회장을 맡고 있다. 이 역시 1년 단위로 총회를 열어 선출한다. 처음 가입 당시 출자금은 자녀 숫자에 따라 조금씩 다르다. 자녀가 한 명이면 500만 원, 둘이면 600만 원이다. 이 출자금은 아이들이 자라서 공동육아 조합을 탈퇴하게 되면 돌려받는다. 그렇다고 학업비용이 비싼 것도 아니다. 자녀가 한 명이면 월 30만 원, 두 명이면 월 40만 원으로 일반 사설 어린이집과 크게 차이나지 않는다. 오전 7시 30분에 어린이집 문을 열고, 오후 7시쯤 문을 닫는다는 점도 일반 사설 어린이집과 거의 비슷하다.

일반 사설 어린이집과 달리 씩씩한 어린이집에서는 읽기나 쓰기, 숫자 등 교육과정 교육을 하지 않는다. 대신 아이들은 어린이집 근처에 있는 천을산으로 나들이를 자주 간다. 산이 나지막하기 때문에 날씨가 매우 나쁘지 않은 한 비가 내려도 나들이를 간다. 이 같은 교육과정은 부모들과 교사들이 함께 합의해 만들었다.

이렇게 자연 속에서 성장하는 동안 아이들은 자연과 친숙해지고, 계절을 잘 느끼고, 자연을 관찰하는 능력이 확실히 발달한다. 매일 나들이를 하는 덕분에 자연의 작은 변화도 잘 읽어 낸다. 또한 자신이 자연과 별개가 아니라 자연의 일부임을 피부와 가슴으로 느낀다. 잎이 나기 시작할 때는 날씨가 따뜻해지고, 잎이 무성할 때는 자기 몸도 덥고, 낙엽이 지기 시작하면 몸도 으슬으슬 추워진다는 것을 체감한다.

나무와 사람, 자연과 사람이 별개가 아니라 함께 존재하며 함께 느낀다는 것을 저절로 알게 되는 것이다. 자신이 생활하는 주변 환경이 이러니 자연에 대해 각별한 애정이 싹트는 것은 자연스럽다. 이곳의 아이들은 개미를 발견하면 건드리거나 죽이려고 들지 않는다. 비가 내리는 날 지렁이가 나와도 발로 밟거나 건드리지 않는다. 자연과 자신을 별개로 생각하지 않으니, 자연을 훼손하는 일이 자신을 훼손하는 일이라고 생각하기 때문이다.

씩씩한 어린이집은 4세 아동을 한 반, 5-7세 아동을 한 반으로 묶어 운영한다. 나이가 서로 다른 아동을 한 반에 묶음으로써 아이들은 자연스럽게 자신의 위치와 책임을 알게 된다. 7세 아이는 6세, 5세 아이를 돌봄으로써 자신이 해야 할 일을 인지한다. 동생들은 언니 오빠 들에게 의지해 다소 어려운 일도 해결할 수 있음을 안다. 그래서 아이들은 협동하고 배려하는 것이 혼자 할 때보다 낫다는 것을 저절로 알게 된다.

씩씩한 어린이집에는 전용 자동차가 없다. 부모들이 매일 아침 아이들을 어린이집에 데려다 주고, 퇴근 후에 데리러 온다. 어떤 부모에게 갑자기 일이 생기면 다른 아이 부모가 그 집 아이를 자신의 집으로 데려가 저녁을 먹이고, 자신의 아이들과 밤늦도록 놀게 한다. 이곳의 모든 부모와 아이들이 친구로 지내기 때문에 아이들은 '남의 집'이라고 크게 불편해하지 않는다(고향 마을에 살던 어린 시절, 우리도 그랬다. 이웃집에서 밥을 먹거나 밤늦도록 노는 것을 불편하게 생각하지 않았다).

씩씩한 어린이집 운영에는 부모의 역할이 크다. 교사들과 함께 학습 프로그램을 만들고, 아이들을 함께 돌보고, 모든 부모가 일주일에 한 번씩 번갈아 가며 어린이집 청소를 한다.

한 달에 한 번 각반 담임교사와 학부모들이 한자리에 모여 회의를 한다. 이 회의에서는 교육 계획에 대한 의견을 주고받을 뿐만 아니라 모든 아이의 상황, 내 아이와 다른 아이의 관계 등도 세세하게 논의한다.

씩씩한 어린이집 부모들과 아이들은 이 어린이집을 '터전'이라고 부른다. 터전에는 마당이 있고 텃밭이 있다. 터전에 뱀이 나타났다, 하면 아버지들이 달려와 뱀을 퇴치한다. 하수구가 막혔을 때, 전기시설이 고장났을 때, 형광등 안정기 수명이 다했을 때, 변기가 막혔을 때도 기술자를 부르는 대신 아버지들이 달려와 문제를 해결한다. 비록 어설프고 시간이 걸리지만 결국은 해결한다. 자녀들은 그 모든 과정을 지켜보며 심부름도 하고 거들기도 한다. 어린 시절 아버지가 마당에서 무엇인가를 만들 때 내가 맡은 역할과 흡사하다.

벽지 바르기, 고장난 장비 고치기, 빛바랜 벽 칠하기, 허물어진 건물 벽 새로 쌓기 등도 모두 어머니들과 아버지들이 직접 한다. 어떤 아버지들은 아파트 폐기물 분리수거장에서 주운 가구를 깨끗이 닦아서 어린이집에 쓰자며 가져오기도 한다. 가구를 해체해 어린이들이 사용하기 알맞은 크기로 새롭게 만들기도 한다. 1970년대까지 우리나라 아버지들이 집 마당에서 가족과 집을 위해 행하던 거의 모든 일을 행하는 것이다.

이처럼 공동육아를 하다 보니 부모 입장에서는 어린이집 교육과 행사에 자주 참여해야 하기 때문에 번거로울 수 있다. 그러나 이 과정에서 부모와 자녀는 공감하고, 사설 교육 기관에 자녀교육을 맡길 경우 가질 수 없는 추억을 쌓는다. 또한 여러 부모와 여러 아이가 묻고 답하고 자기 생각을 말하고 듣는 과정에서 관계를 배우고 대화법도 체득한다.

한 공간에서 다른 집 아이들, 또 다른 집 부모들과 함께 지내는 동안 자연스럽게 공동체를 형성한다. 덕분에 아이들은 이웃의 얼굴도 모른 채 어린 시절을 보내는 아파트촌의 아이들과 달리 우리나라의 전통적인 '동네'에 사는 듯한 느낌을 받는다. 온 동네 사람이 온 동네 사람을 다 알고 지내는 동네 말이다.

함께 생활하다 보니 씩씩한 어린이집 부모들과 아이들은 모두 친하다. 이곳의 모든 아이는 모든 학부모에게 반말을 사용한다. 아이들은 또 다른 아이들의 부모들을 별명으로 부른다. 다른 집 아이의 엄마가 어린이집에 오면 아이들은 대뜸 이렇게 말한다.

"매화 안녕!"

"매화, 나 똥 닦아 줘."

"매화, 나 이거 해 줘."

"매화, 표정이 왜 그래? 무슨 일이야?"

이런 식이다.

부모들이 아이들에게 반말을 하도록 하는 것은 상하관계를 떠나 자신의 의사표현을 분명하게 하도록 하기 위해서다. 어릴 때부터 자기 생각을 명확하게 드러내고, 그것이 옳은지 그른지 스스로 납득할 수 있는 환경을 조성하기 위해서다. 부모의 말이니까 옳다, 그러니 따라야 한다는 식으로 무조건 받아들이도록 하지 않는다는 것이다.

이곳 아이들은 자기 부모뿐만 아니라 100여 명에 달하는 다른 부모들을 자주 만나고 반말로 대화를 나누는 데 익숙하기 때문에 낯선 어른을 보아도 이상하게 여기지 않는다. 어른 앞이라고 기가 죽어 자신의 의사를 숨기지도 않는다. 그렇다고 길에서 만나는 낯선 어른들에게 반말을 하지는 않는다. 아무리 아이들이지만 그쯤은 가르치지 않아도 안다.

씩씩한 어린이집 부모들은 아이들의 야외활동 역시 전문가들이 운영하는 사설업체에 맡기는 대신 자신들이 맡는다. 부모들은 1년에 두 번 이상 어린이집 전체 구성원이 함께하는 '들살이'에 참가한다. 산과 들로 나가 함께 노는 것이다. 또 세 가족이 한 단위가 되어 1-2개월에 한 번씩 함께 야외로 놀러 나간다. 옛날 시골마을 아이들처럼 여럿이 함께 노는 것이다. 아이들 사이에서 나이 차이도 있기 마련이어서 돌보고 의지하는 역할에 대해서도 자연스럽게 알게 된다.

전문가들에게 비용을 지불하고 아이들과 놀아 주라고 요청하는 것이 아니라, 부모가 자녀들과 함께 노는 것이다. 부모가 각자 분야에서 열심히 일하는 이유는 자녀들과 행복한 가정을 꾸려 나가기 위해서다. 씩씩한 어린이집 부모들은 그 소중하고 행복한 시간을 남에게 넘겨줄 이유가 없다고 생각한다.

대부분 인근에 거주하기 때문에 씩씩한 어린이집 아이

들은 어린이집 밖, 그러니까 동네 거리에서 다른 집 부모들, 다른 집 아이들과 우연히 마주치는 경우가 많다. 한 동네에 살다 보면 이웃을 길에서 만나는 경우가 있다. 그러나 아파트와 사설학원만 오가던 보통 도시 아이들에게 아파트촌의 이웃은 낯모르는 타인일 뿐이다. 씩씩한 어린이집 아이들은 다르다. 매일 어린이집에서 만나는 어른들을 길에서 만나니 당연히 인사하고 안부를 묻는다.

마을에 아는 사람, 특히 아는 어른이 많다는 사실은 아이들에게 안정감을 줄 뿐만 아니라 실제로 안전장치를 더하는 효과가 있다. 특히 아이들은 길에서, 마트에서, 공동 목욕탕에서 아는 어른들을 종종 마주침으로써 자신이 그 마을에 소속된 시민이자 주인이라는 의식을 갖게 된다. 모르는 사람들 속에 외따로 떨어진 존재가 아니라 함께 사는 존재, 우리 동네가 되는 것이다. 마을에 대한 애정이 커지기 마련이다.

현대 한국의 도시 아이들에게는 일반적으로 '고향' 개념이 없지만, 씩씩한 어린이집 아이들에게는 지금 자라는 마을이 고향이다. 이곳에서 자라 중학생이 된 아이에게 "고향이 어디니?"라고 물으면 "시지(대구시 수성구 시지동)"라고 답한다.

비단 아이들에게만 '우리 동네'라는 공동체 의식을 심

어 주는 것은 아니다. 어른들에게도 마찬가지 효과를 준다. 근대화와 도시화로 아파트 거주 인구가 폭발적으로 늘어나면서 한국의 성인들은 마을에 아는 사람이 드물다. 그들에게 친구나 지인은 학교 동창이나 직장 동료, 동호회 회원이 거의 전부다.

공동육아를 통해 가치관과 연령대가 비슷한 이웃을 많이 알게 된다는 것은 부모들에게도 즐거운 일이다. 토요일과 일요일에 동네를 돌아다니다가 마주쳐서 인사를 하고, 가끔씩은 동네에서 맥주도 한잔씩 할 수 있으니 말이다.

같은 동네에 학부모들과 아이들을 합쳐 170여 명의 공동체 구성원이 있고 동네를 사랑하는 마음이 있으니, 자연스럽게 공동체를 위한 활동도 펼친다. 우리밀 국수를 만들어 이웃에 나누어 주기도 하고, 바자회를 열어 불우이웃돕기도 한다. 부모들과 아이들이 함께 김장을 해서 같은 마을에 사는 불우이웃과 아파트 경비 아저씨, 홀로 사는 할아버지 할머니에게 나누어 주기도 한다. 사람을 알고, 함께 무엇인가를 하다 보니 저절로 사람 살기 좋은 세상을 만들어 가는 것이다.

고향에 살던 어린 시절 우리 조무래기들은 굴렁쇠를 굴리며 마을 구석구석을 쏘다니는 것이 일이었다. 나는 마을의 모든 장소와 거기에 깃든 이야기들을 알고 있었다. 집집마다 누가 살고 있는지, 그들이 무슨 사연이 있는지도 알았다. 멀리서 손님이 찾아와 묵고 있는 집을 알았고, 그 손님들이 무슨 일로 와 있는지도 알았다. 어린아이인 내가 알던 것이 그 손님이 방문한 사연의 전부는 아니라고 할지라도 말이다.

공동육아 공동체 씩씩한 어린이집과 해바라기 방과 후에서 자라는 아이들이 내 어린 시절과 꼭 같은 마을에서 자란다고 단정할 수는 없다. 그러나 아파트에 갇혀 이웃에 누가 사는지도 모르는 아이들과는 '다른 마을'에서 살고 있다는 것은 분명하다. 내 어린 시절처럼 씩씩한 어린이집과 해바라기 방과 후 아이들도 자신이 사는 마을의 거의 모든 장소를 알고, 거기에 깃든 이야기들을 알고 있다.

공동체의 구성원으로 성장하는

아이들

씩씩한 어린이집 아이들이 이렇게 놀기만 하면 사설 어린이집에 다니는 아이들, 심지어 영어 유치원에 다니는 아이들에 비해 글자나 수 개념에서 뒤처지지 않을까? 이곳 부모들은 그런 걱정이 없을까?

씩씩한 어린이집 부모들은 "유치원생에게 영어를 가르치는 것, 수학을 가르치는 것이 공부인가? 아직 어린 아이에게 책을 펴 놓고 하는 공부가 진정 필요한가?"라고 되묻는다. 이곳 부모들은 '그 또래 아이가 배워야 할 것은 영어나 수학이 아니라 함께 놀면서 관계를 맺고, 관계에서 오는 갈등을 해소하는 법'이라고 말한다.

이곳 부모들은 자연 속에서 사물을 보고 만지며 노는 것이 그냥 노는 것은 아니라고 강조한다. 단순히 노는 것이 아니라 노는 과정에서 배우는 것, 글자를 배우거나 영어나 수학을 배우는 것이 전부가 아님을 배우는 것, 배움의 의미와 영역이 무엇인지 배우는 것, 다시 말해 배움의 정의와 영역을 확장하는 과정이라고 생각한다.

초등학교에 입학하게 되면 아이들은 씩씩한 어린이집 생활을 떠나 해바라기 방과 후 과정으로 올라간다. '해바라기 방과 후'는 마당이 있는 주택을 조합원들이 공동구매하고, 자녀들을 자기 집에서처럼 공부하고 놀 수 있도록 조성한 공간이다. 공동육아 협동조합 부모들에게 해바라기 방과 후는 한마디로 함께 어울려 노는 공간이자 시간이며, 그 속에서 관계를 맺고 공동체 구성원의 역할을 습득하는 곳이다.

이곳 아이들은 학교 수업이 끝난 뒤 사설학원으로 가서 학업을 보충하거나 선행학습을 하는 대신 해바라기 방과 후에 모여 학교 숙제를 하고, 숙제를 마치면 함께 논다. 부모들은 초등학교 2학년까지는 학업과 관련한 어떤 사교육도 시키지 않겠다는 합의와 약속을 하고 나서야 해바라기 방과 후에 자신의 아이들을 보낼 수 있다.

학교 수업을 마친 뒤에는 마당이 있는 집에서 뛰어놀던 1970-1980년대 아이로 돌아가는 것이다. 학교에서 학원으로, 학원에서 다시 학원으로 밤늦도록 이어지는 요즘 한국의 일반적인 아이의 생활패턴과 다른 모습이다.

이곳 부모들은 사교육에 휘둘리기 시작하면 끝이 없다고 생각한다. 돈벌이 자체에 목표를 두면 돈을 아무리 벌어도 끝이 없는 것과 마찬가지로, 선행학습에 매달리기 시작하면 끝이 없다는 것이다. 한 단계를 먼저 배우면 또 그다음 단계로 선행학습이 이어지기 때문에 무리한 학습이 끝없이 이어지기 마련이다.

이곳 부모들에게 자녀교육이란 아이들이 사람답게 살기 위해 자신을 사랑하고 이웃을 배려하고, 공동체를 생각하며, 자연과 사람이 어울려 함께 살아가는 태도를 배우는 것이다. 공부 자체는 목적이 아니라 더 사람다운 삶, 더 행복한 삶을 위한 수단이요 매개일 뿐이다.

21세기에 태어난 대부분의 한국 아이들은 읽기와 쓰기, 더하기 빼기 정도는 배우고 초등학교에 입학한다. 모든 아이가 사교육을 받는데 자기 아이만 사교육을 받지 않으면 불안해질 수 있다. 그러나 이곳에서 공동육아를 하는 부모들은 사교육을 반대하는 이야기와 정보를 끊임없이 주고받음으로써 서로 바른 길을 걷고 있음을 확인하고 격려하고 용기를 북돋운다.

부모는 그렇다 치더라도 아이는 학교에 입학해서 다른 아이들보다 자신이 뒤떨어지는 것을 알면 기가 죽거나 자포

자기하지 않을까?

씩씩한 어린이 집과 해바라기 방과 후에서 아이를 공동 육아로 기른 최세정 대구여성가족재단 책임연구원은 "그렇지 않다"고 잘라 말한다. 초등학교에 입학하면 당장은 조금 늦을 수 있지만 일반적으로 금방 따라간다고 한다. 게다가 가르치지 않아도 6-7세가 되면 친구들 이름을 통해서 글자를 대충은 알기 때문에 초등학교에서 한 학기만 지나면 극복할 수 있다.

최 연구원은 "부모가 믿고 기다리면 된다. 자식이 공부를 잘하기를 부모가 은근히 바라거나, 성적이 나쁠 때 부모가 걱정하거나 싫은 감정을 가지면 아이가 금방 그 마음을 읽어 낸다. 받아쓰기 성적을 보고 부모가 불안해하면 아이도 금방 불안해하고 자기도 모르게 공부에 매달리고, 받아쓰기 성적이 오르지 않으면 불안이 증폭되거나 기가 죽기도 한다. 그러나 부모가 걱정하지 않고 아이를 믿어 주면 아이도 불안해하지 않는다"고 말한다. 그녀는 비록 아이가 받아쓰기 50점을 받아도 떳떳해하는 분위기를 만드는 것, 부모가 그렇게 느끼는 것이 중요하다고 말한다.

사교육을 하지 않는 대신 이곳 아이들은 학교 수업을 마치면 해바라기 방과 후에 와서 놀거나 지역사회 탐사를 나선다.

아이들은 자신들끼리 조를 짜서 마을을 구석구석 돌아다니며 이런저런 구경도 하고, 마을의 변화도 살핀다. 재래시장에도 가고, 마당에 자신들만의 기지를 만들어 놓고 놀기도 한다. 자연물로 장난감을 만들고, 꽃을 짓이겨 차를 만들고, 피구, 농구, 오징어 가생, 숨바꼭질, 자치기, 고무줄놀이, 줄넘기 등 전통놀이도 한다.

씩씩한 어린이집 시절부터 해 온 뜨개질도 계속한다. 그렇게 자란 덕분에 이곳 아이들은 6세만 되어도 자기 목도리를 뜨개질로 직접 짠다. 아이들은 유자가 나오는 계절이면 유자청을 만들고, 매실이 나오면 매실청을 만들고, 오미자가 나오면 오미자청을 만들고, 김장철이면 부모와 함께 김장을 한다. 교사와 함께 생태 나들이, 문화 나들이, 모둠회의, 미술, 글쓰기, 텃밭 가꾸기 등 다양한 경험을 한다.

자기 연령에 감당하기 힘든 선행학습을 하느라 머리를 싸매는 대신 즐겁게 생활을 배우는 것이다. 학원에 다니는 아이들이 공부 말고는 할 줄 아는 게 없는 것과 달리, 이곳 아이들은 할 줄 아는 게 정말 많다. 이곳 부모들은 공부 잘하는 것 말고는 자식에게 바라는 것이 하나도 없는 대부분의 21세기 한국 부모들과는 다른 바람을 갖고 있다. 오히려 대체 영어·수학·과학을 공부하는 까닭이 무엇이냐고 묻는다. 결국 건강하고 반듯한 개인, 나아가 공동체에 활기를 불어넣을 수 있는 인간으로 키우려는 것 아니냐고 강조한다. 이들은 공부 잘하는 기계로 만들어서는 그런 인재를 양성할 수 없다고 믿는다.

공동육아로 자란 아이들은 어려서부터 함께하는 놀이에 익숙하다. 덕분에 혼자 놀 때보다 같이 놀 때 더 재미있다는 것을 안다. 또 구성원들이 규칙을 잘 지킬 때 놀이가 공정해지고 더 풍성해진다는 것도 안다. 이론 교육으로 배우는 것이 아니라 경험으로 몸이 체득하는 것이다. 학교와 학원, 체험학습장을 뛰어다니는 21세기 한국의 평범한 아이들에게 경험은 없고 지식만 있다면, 이곳 아이들에게는 경험과 경험으로 얻은 지식이 있다.

이렇게 자라는 덕분에 이곳의 아이들은 학교 운동회나 체육시간에 인기가 많다. 어린이집 시절부터 산과 들로 나들이를 가고, 공원과 체육시설에서 뛰어노는 덕분에 운동을 잘한다. 대구에서 운영 중인 한 '방과 후' 시설 아이들은 전체 인원 중 50퍼센트 정도가 학교 운동회 때 달리기 학급 대표로 선발되기도 했다. 어릴 때부터 산으로 들로 신나게 뛰어다니며 자란 덕분에 달리기 실력이 보통 아이들에 비해 뛰어나기 때문이다.

방과 후 시설에서 뛰어놀며 자란 아이들은 호기심이 강하다. 사교육비를 지불하고 학원에서 선행학습을 한 아이들은 이미 아는 내용이기 때문에 수업시간에 선생님의 말씀을 흘려듣는 경향이 있지만, 방과 후에서 성장하는 아이들은 자신들이 모르는 내용이기 때문에 선생님의 말씀에 더 집중한다.

게다가 선행학습은 언제나 자신의 연령대보다 고난도 공부를 요구한다. 자기 나이를 뛰어넘는 수준의 학습내용을 주입받다 보니 공부 자체가 굉장한 스트레스를 준다. 방과 후 아이들은 제 나이에 적합한 공부 수준을 유지하기 때문에 선행학습을 하는 아이들에 비해 상대적으로 학업 스트레스를 덜 받는다.

공동육아 협동조합이 운영하는 방과 후에서 지낸 아이들은 호기심이 풍부하고 활동적인 데다, 놀이의 전문가가 된다. 놀이를 많이 하다 보니 규칙을 만들고 지키는 일에 익숙하고, 함께 놀 때 어떻게 해야 더 재미있는지, 모두가 즐거울 수 있는지 안다. 그러니 학교에서도 친구들 사이에서 인기가 많다. 다른 사람을 배려할 줄 알고, 여러 사람이 함께 즐겁게 지내는 방법을 알기 때문이다. 그런 까닭에 이곳 아이들은 초등학교 저학년 시절까지 공부는 그럭저럭 하는 편이지만 나머지는 다 잘하는 아이로 평가받는다.

이곳 아이들은 공부에 매달리기보다는 산과 들을 뛰어다니며 자랐기 때문에 초등학교 시절까지는 성적이 상대적으로 조금 떨어지지만 중학교, 고등학교 이후에는 상황이 달라진다. 중고등학교 성적은 '방과 후' 출신 아이와 '사설학원' 출신 아이들 사이에 구분될 만한 차이가 없다. 양쪽 모두에서 공부를 잘하는 아이와 못하는 아이가 다수 나오는데, 중학교 이후는 개인의 노력과 타고난 기질이 크게 좌우하기 때문이다.

분명한 것은 부모가 자신의 전문영역 이외의 분야에 시간과 노력을 투입하고 직접 참여함으로써 아이도 변하고 부모 자신도 변하고 공동체도 변한다는 사실이다. 뿐만 아니라 '학생=공부'라는 등식을 벗어버리니 아이들은 공부 말고 다른 무엇이라도 즐겁게 잘할 수 있는 사람으로 성장하게 된다.

학교와 학원만 오고간 아이들은 학업 성적이 나쁘면 다른 방면에서도 쉬이 용기를 잃고 자신의 장점을 찾아 내지 못하는 경향이 크다. 하지만 방과 후 아이들은 공부를 좀 못해도 좀처럼 기죽는 일이 없고, 다른 일에서 얼마든지 자신의 장점을 발견한다.

현대 한국의 교육은 산업혁명 이후 사회 각 분야 전문인력을 양성하기 위해 설계된 서구식 교육방식이다. 전문분야의 기술자를 양성하는 데 초점을 둔 교육이다. 산업혁명으로 서구사회에 등장한 이 현대식 교육은 20세기 제국주의와 함께 동양 사회로 급속하게 전파됐다. 서구식 교육이 전문인력을 양성하고, 실용적 의미에서 사회를 발전시켜 온 것은 사실이다. 그러나 기술자를 길러 내기 위한 전문교육 은 '사람이 어떻게 살아야 하는가', '왜 그 일을 해야만 하는 가'에는 관심이 없다.

현대 한국의 교육도 이와 똑같다. 어릴 때부터 공부만 잘하면 모든 것이 용서되는 구조, 다른 것을 다 잘해도 공부 를 못하면 '패배자'로 낙인찍는 구조다. 그래서 성적이 나쁜 아이들은 학교생활에서 늘 주변부를 맴돈다. 학생 때 공부 만 잘하면 된다는 인식은 성인이 되어 사회로 진출한 뒤에 는 돈만 잘 벌면 된다는 인식으로 바뀐다. 전문화, 세분화가 지나치게 진전됨에 따라 나타난 병폐다.

현대 한국의 교육 시스템은 '사람을 육성하는 시스템' 이라기보다 '사람을 걸러 내는 시스템'이다. 끊임없이 공부 시키고, 시험을 통해 최후의 정예만 살아남을 때까지 걸러 내고 또 걸러 내는 식이다. 이에 반해 방과 후가 펼치는 교 육방식은 모두가 자기 나름의 장점을 발견하고 발전시킬 수 있도록 돕는 시스템이다. 비록 학교 공부를 못하더라도 얼 마든지 다른 분야에서 자신의 장점을 발견하고 발전시켜 나 갈 수 있는 태도를 갖도록 가르치는 것이다.

한국의 교육 시스템이 죽도록 경쟁시켜 다수를 낙오자

로 만드는 경향이 짙다면, 이곳 공동육아 교육은 아이들이 여러 가지 분야를 탐색할 수 있도록 함으로써 각자 장점을 발휘할 수 있는 사회인으로 키워 준다.

현대 한국에서 실시하는 획일식, 주입식 교육은 곁눈질을 용납하지 않는다. 곁눈질하는 순간 낙오자가 되기 때문이다. 획일식, 주입식 교육 시스템 아래에서 아이들은 스스로 쓸모 있는 질문을 찾는 호기심과 상상력을 키우는 대신 어른과 사회가 제시하는 질문에 즉각 정답을 내놓는 방법을 찾는 데만 몰두한다. 기존 사회가 던지는 질문에 재빨리 정답을 대는 것을 최선으로 여기는 사람으로 성장하게 된다.

대구 공동육아 사회적 협동조합의 씩씩한 어린이집과 해바라기 방과 후는 공부만 잘하는 아이가 아니라 공부는 좀 못하더라도 다른 것을 조금씩 다 잘하는 아이, 어른들의 질문에 꼬박꼬박 정답을 대는 아이가 아니라 호기심과 상상력으로 스스로 질문을 던지는 아이를 기른다. 도구가 아니라 주인으로 자녀를 키우겠다는 부모들의 '반란'인 셈이다.

도시농부학교

대구도시농부학교[*]는 농약과 화학비료를 쓰지 않는다. 무농약·무화학비료 재배를 위해 개인이 호미 하나로 지을 수 있을 정도의 소규모 농업을 지향한다. 개인당 분양하는 면적은 33제곱미터(10평)로 한정돼 있다. 가족끼리 친구끼리 호미 하나로 지을 수 있을 만큼 소규모 농사를 지을 때 비료도 농약도 쓰지 않을 수 있다고 생각하기 때문이다.

더 많은 면적을 희망하는 도시농부도 있지만 한 가족이나 한 팀당 1개 이상 분양하지 않는다. 그래야 더 많은 사람이 조금씩 농사를 지을 기회를 얻게 되고, 농약과 비료, 비닐멀칭 등의 유혹에서 벗어날 수 있기 때문이다. 변변한 장비도 없는 텃밭농부가 너무 넓은 면적에 농사를 짓게 되면 농사가 즐거움이 아니라 고된 노동이 될 수도 있고, 지쳐서

● 대구광역시 교육청과 매일신문사가 공동 운영하며, 대구농업마이스터고등학교(대구시 수성구 달구벌대로 3170) 안에 자리하고 있다.

농사를 포기하게 될 수도 있다.

이렇게 자연에 가깝게 채소를 재배함으로써 도심에서 여유를 찾고, 가족과 이웃이 나눠 먹을 건강한 채소를 가꾸는 것을 목표로 한다.

또한 대구도시농부학교는 크고 번지르르한 채소가 아니라, 작지만 제맛을 내는 '단단한 채소' 재배를 목표로 한다. 이를 위해 유기질비료(퇴비) 역시 가능한 한 적게 쓰도록 유도한다. 유기질비료든 화학비료든 많이 쓰면 환경오염으로 이어지고, 제 크기로 자라 제맛을 내는 채소가 아니라 겉만 번지르르한 채소가 되기 때문이다.

대구도시농부학교 교육과정은 농사 기초이론 교육과 함께 실제 텃밭을 가꾸는 것으로 구성돼 있다. 매년 3월 중순부터 12월 초까지 농사와 관련한 공부를 하고 함께 농사도 짓는다. 가까운 사람들끼리 수확한 채소로 파티를 열기도 한다. 누구라도 새로 알아 낸 친환경 농법이 있으면 서로 소개한다.

이곳 사람들의 면면은 다양하다. 20대부터 70대까지 폭넓은 연령대가 참가할 뿐만 아니라 직업도 다양하다. 평범한 회사원, 주부, 은퇴자, 대학생, 자영업자 등이 참여하며, 홀로 텃밭을 가꾸는 사람도 있고, 부부가 함께 가꾸거나 친구끼리, 가족 전체가 함께 텃밭을 가꾸는 경우도 있다.

대구도시농부학교 텃밭농부들은 이른 봄, 아직 찬바람 가시지도 않았는데 밭으로 나와 땅을 일구어 감자를 심고, 상추, 열무, 시금치, 근대 씨앗을 뿌린다. 싹이 나왔나 싶으면 어느새 채소가 지천으로 쏟아지고, 농부들은 수확과 풀 뽑기에 여념이 없다.

이때쯤이면 친구들을 불러다가 수확한 채소를 나눠 주느라 바쁘다. 멀리 사는 지인에게 감자라도 좀 보내기 위해 우체국 창구 앞에 서면 우체국 직원이 "허, 참. 감자 값보다 우편요금이 더 나와요, 손님!" 하는 소리를 듣기도 한다. 텃밭농부들은 "네, 괜찮습니다" 하고 웃음으로 답한다. 우편요금이나 감자 값 정도로는 결코 살 수 없는 행복과 만족, 우정과 감사를 느낄 수 있기 때문이다.

그렇게 봄을 보내고 나면 감자와 토마토가 나오기 시작한다. 한여름에는 그야말로 채소가 넘쳐난다. 고추, 가지, 들깻잎, 오이, 쥬키니 호박, 단호박을 비롯해 각종 잎채소가 쏟아진다.

8월의 뜨거운 태양 아래에서 그동안 장맛비로 제멋대로 자란 풀을 뽑아 내고, 김장무와 김장배추 씨앗을 심기 위해 밭을 일군다. 그렇게 더운 여름을 보내고 나면 어느새 찬바람이 불고 챙 넓은 모자와 반소매 셔츠로도 땀을 뻘뻘 흘리던 농부들은 두툼한 방한복에 털모자까지 챙겨 입고 한

해 농사를 마무리한다.

　도시농부들은 한동안 비가 내리지 않으면 채소가 타들어 갈까 봐 걱정하는 마음에 서둘러 밭으로 나가 물을 주고, 날씨가 추워지면 행여 서리 피해를 입을까 노심초사한다. 작물이 잘 자라지 않으면 영양분이 부족한가 싶어 온갖 퇴비를 만들어 투입한다. 농사 경험이 있는 옆 밭 농부의 조언도 듣고, 흉내를 내어 가며 갖가지 방법을 배운다.

　1년 농사를 짓는 동안 농부는 다양한 병해충과 병균을 만나게 된다. 전업농부처럼 생업을 위해 짓는 농사가 아닌 만큼 병해충에 대처하는 방식도 '전투적'이지 않다. 그렇다고 내버려 두는 것은 아니다. 다양한 천연재료를 이용한 천연농약과 천연비료를 만드는 법을 배우고, 이를 실제 농사에 접목하면서 자기만의 비법을 마련한다. 옆에서 함께 농사짓는 사람들과 나누는 이야기도 큰 도움이 된다.

　화학농약과 화학비료를 쓰지 않기 때문에 속이 헐렁한 김장배추가 나오기 일쑤고, 각종 병해균에 시달려 제대로 자라지 못하거나 도중에 죽는 채소도 많다. 그래도 도시농부들은 실망하지 않는다. 그렇게 못 쓰게 된 채소를 뺴더라도 한 가족과 이웃이 나눠 먹을 만큼의 양은 충분히 나오기 때문이다. 이렇게 한해 농사를 통해 이론과 실제 작업을 익힌 농부들은 각자 형편과 취향에 따라 텃밭을 구해 자기만의 텃밭농사를 짓는다.

대구도시농부학교에서 초보 도시농부들은 밭을 갈고, 씨를 뿌리고, 물을 주고, 풀을 뽑는 동안 생명의 신비를 만끽한다. 직접 채소를 재배하면서 경험한 즐거움은 지금까지 듣고 배워서 알던 지식과는 또 다른 행복이다.

처음 시작할 때만 해도 작고 허약한 모종, 점처럼 작은 씨앗이 바람 불고 햇볕 따가운 들판에서 제대로 살아 낼까 반신반의했지만 한아름 통배추로 자라는 모습은 경이롭기까지 하다. 작은 씨앗이 종아리만큼 굵은 무로 자라는 모습에 벅찬 감동을 느끼기도 한다. 비록 시장에서 파는 채소보다 조금 왜소하지만 직접 기른 채소라 그런지 그렇게 예쁠 수가 없다고 입을 모은다. 그야말로 생명활동의 위대함을 온몸으로 접하는 것이다.

시골 고향을 떠나 도회지에서 오래 살아 온 사람들은 텃밭농사를 시작한 뒤, 자신이 평생을 시골에서 사신 부모님과 같은 사람이 된 듯하다고 말한다. 그 옛날 고향에 가면 무엇이라도 싸 주려고 애쓰던 부모님 모습처럼, 작은 면적이지만 직접 농사를 짓고 있으니 이제는 자신이 자식들에게 갖다 주고 싶은 채소가 생겨서 행복하다는 말이다.

자신이 직접 기른 채소를 아들딸과 손자손녀에게 나누어 줄 때 느끼는 행복은 경험해 보지 않고는 설명할 길이 없다고 말한다. 자식들에게 줄 채소라고 생각하면 채소 가꾸기를 마치 어린 자식 보살피듯 하게 마련이고, 그렇게 작물을 보살피노라면 마치 자식들과 함께 취미생활을 한다는 느낌도 든다고 말한다.

도시텃밭의 가장 큰 장점은 이웃 간에 자연스럽게 대화의 물꼬가 트인다는 점이다. 처음 2-3주까지만 해도 서로 데면데면하던 도시농부들은 시간이 지날수록 이웃 텃밭농부와 스스럼없이 대화를 나눈다.

"물을 이렇게 주면 되나요? 상추는 어떻게 솎아내죠? 어찌 된 일인지 무가 자라지 않아요. 퇴비는 어디서 구하셨어요? 이렇게 생긴 벌레는 잡아야 하나요, 놔둬야 하나요?" 등으로 시작해서 소소한 일상의 정까지 나누게 된다. 남녀노소 구분이 없고, "실례합니다, 말씀 좀 묻겠습니다" 하고 운을 뗄 필요도 없다.

"근대가 아주 좋습니다."

"당근은 뽑아도 되겠어요."

"배추가 영 더디 자라네요."

"지난주에 제 밭에 물 주셔서 고맙습니다."

텃밭에 먼저 온 사람과 나중에 온 사람은 자연스럽게 이야기를 나누고, 자신의 경험을 전해 준다.

텃밭농부는 밭일을 후다닥 해치우지 않는다. 텃밭을 가

꾸는 행위 자체가 목적이기 때문에 일을 느리게 한다. 빨리 밭일을 끝내고 다른 약속장소로 갈 궁리를 하는 것이 아니라 조금이라도 더 오래 텃밭에 머물고 싶어 한다.

느긋하게 쪼그리고 앉아 호미로 풀을 매고, 비온 뒤에 굳은 흙을 잘게 부수고, 손으로 벌레를 잡고, 다림질할 때 사용하는 작은 물뿌리개로 천연농약을 뿌려 주고, 물도 주고, 일찍 자란 채소를 솎아 저녁 반찬거리도 마련한다. 밭일이 다 끝나면 이웃 밭의 작물도 살펴보고, 사진을 찍어 친한 친구들에게 텃밭 소식을 전하기도 하고, 이웃의 밭에 처음 보는 채소가 보이면 이름을 묻기도 하고 재배법도 묻는다.

'텃밭을 가꾸기 시작한 후 주변 사람들과 대화가 늘어났는지, 줄어들었는지 주관적으로 판단해 달라'는 설문에 95퍼센트가 '대화가 늘었다'고 답했다. '대화가 줄었다'는 대답은 4.5퍼센트였다.

대구도시농부학교는 도심 아파트 단지 한복판에 자리하고 있다. 대구지하철 2호선 신매역에서 걸어서 5분 거리다. 텃밭 옆에는 대구농업마이스터고등학교 학생들이 재배하는 논도 있다. 가을이면 누런 벼가 고개를 숙이고, 논두렁으로 메뚜기가 뛴다. 그래서 인근 아파트에 사는 사람들이 산책 삼아 많이 들르는 공간이기도 하다.

"그거 얼마예요?"

가끔 이렇게 묻는 사람이 있다. 농약도 화학비료도 안 쓰고 재배한 채소란 생각에 조금 사고 싶은 도시인들이다. 그러나 이렇게 묻는 사람은 텃밭 가꾸기의 참맛을 모르는 사람이다. 게다가 "그거 얼마예요? 얼마씩 팔아요?"라고 물었다가는 십중팔구 "이거 파는 거 아닙니다"라는 볼멘소리를 듣기 십상이다. 판매하려고 농사를 짓는 것이 아니기 때문이다.

대신 "와, 정말 상추가 신선해 보여요. 근대가 참 잘 자랐네요. 감자가 어쩌면 그렇게 씨알이 예뻐요?"라고 물으면, 십중팔구 "아, 맛 좀 보실래요? 제가 농약도 비료도 안 주고 기른 거랍니다. 많지는 않지만 나눠 드릴게요"라는 말을 듣게 될 것이다. 그리고 신선한 채소를 한아름 공짜로 얻어 갈 것이다.

텃밭을 가꾸기 시작하면 저녁밥상을 차리는 일이 주부의 일이 아니라 가족 모두의 일이 된다. 남편들도 자신이 가꾼 채소로 반찬을 만들기 시작하고, 채소를 잘 먹지 않던 아이들도 채소를 잘 먹는다. 다양한 채소로 만든 반찬뿐만 아니라 가족의 이야기까지 한상 그득 올라오는 풍성한 밥상이 차려진다.

여름해가 질 무렵, 넥타이를 맨 정장 차림의 직장인이 퇴근길에 대구도시농부학교 텃밭에 들러 그날 저녁에 먹을 야채를 수확해 가는 장면을 흔히 볼 수 있다. 퇴근길에 잠시 들러 그날 저녁에 먹을 고추와 깻잎, 상추를 따고, 물도 주고 풀도 뽑는다.

야채 바구니를 들고 깻잎을 따는 신사의 모습은 붉은 석양과 어우러져 한폭의 아름다운 풍경이 된다. 그날 저녁 한자리에 둘러앉아 식사를 하게 될 그네들 가족을 떠올리면 나까지 기분이 좋아진다.

대구도시농부학교에서 텃밭을 가꾸는 사람들 중에는 텃밭을 시작한 뒤로 친구들과 파티가 잦아졌다고 말하는 사람이 꽤 있다.

조각가 김효선 씨의 작업실은 그냥 평범한 작업실이었다. 그러나 텃밭을 가꾸기 시작한 뒤로 그녀의 작업실은 1년에 서너 차례 파티장으로 변했다. 연미복을 차려 입고 여는 격식 있는 파티가 아니다. 그저 작업실에 흩어진 공구와 작품 재료인 나무를 치우고 의자를 펼쳐 놓으면 그만이다. 상추와 깻잎이 한창인 여름에는 삼겹살 파티가 열리고, 감자가 나올 때면 '감자 굽는 날', 고구마가 나올 때면 '고구마 데이', 김장배추로 김장을 담그면 '김장김치와 흰밥' 파티가 열린다.

이른 봄, 밭에서 봄동을 수확하는 날에는 막걸리 파티

가 열린다. 아직 신선한 봄나물이 귀한 3월 초에 겨울을 이겨 낸 봄동과 함께 마시는 막걸리는 그야말로 일품이다. 겨우내 햇빛과 겨울바람을 맞으며 자란 봄동의 식감은 비할 데가 없다.

텃밭에서 제철 햇빛과 제철 바람을 듬뿍 받고 자란 야채는 시중에서 판매하는 야채와 사뭇 다른 맛을 낸다. 삼겹살 파티를 위해 친구들이 식당에 모이는 날에는 밭에서 깻잎, 상추, 근대, 고추, 아욱을 잔뜩 따서 간다. 그런 날이면 식당에서 제공하는 야채에는 손이 가지 않는다.

맛 좀 보시라며 식당 주인과 옆자리 손님들에게 내가 따 온 야채를 조금 나눠 주면 어김없이 "조금만 더 주시면 고맙겠습니다" 하고 요청한다. 그렇게 야채를 나누어 먹은 옆자리 손님들은 우리 자리로 맥주와 소주를 몇 병 넣어 주기도 한다. 식당 주인 역시 푸짐하게 서비스를 내놓는다. 우리 야채를 맛본 옆자리 손님들 중에는 우리가 먹은 막걸리와 맥주 값을 통째로 계산해 준 적도 있다. 그들 일행이 맛본 야채를 돈으로 계산하면 막걸리와 맥주 값의 반도 되지 않을 것이다. 그러나 그 비용과 별개로 그들 역시 신선한 야채를 흥겨운 마음으로, 옆자리 손님의 호의로 나누어 먹었다는 기쁨을 그렇게 표현하는 것이다.

"이렇게 맛있는 상추, 근대는 처음입니다."

우리가 텃밭에서 자연의 순환에 따라 기른 야채를 먹어 본 식당 주인과 옆자리 손님들의 공통된 반응이다. 돈을 줄 테니 판매할 수 있느냐고 묻는 사람도 있다. 많이 나오는 게 아니라 판매하기 곤란하다고 답하면, 오늘 선불을 드릴 테 니 다음 번 야채가 나올 때 식당에서 만날 수 있겠느냐고 묻 는 사람도 많았다.

대구도시농부학교는 매년 연초에 100명을 선착순으 로 모집하는데, 모집공고가 나자마자 마감된다. 어떤 사람 은 "뭐 그렇게 빨리 마감되느냐?"고 항의하기도 하고, 어떤 사람은 "혹시라도 누가 농사를 포기하면 자기한테 배정해 달라"며 통사정을 한다. 이미 밭이 모두 분양됐는데, 막무가 내로 자기 신청서를 접수해 달라고 우기는 사람도 많다. 내 년에 다시 모집한다고 해도 막무가내다. 심지어 이듬해 신 청접수를 1년 앞당겨 받아 달라고 사정하는 사람도 있다.

대구도시농부학교 참가자들 중에는 1년 단위로 분양 하는 것에 불만을 터뜨리기도 한다. 2년, 3년 계속 농사를 짓고 싶기 때문이다. 그러나 대구도시농부학교의 목표는 도 시인에게 텃밭 가꾸기의 재미와 가치를 확산하는 데 있다. 그래서 부득이한 경우가 아니면 1년 과정을 마친 참가자의 재신청을 배제한다.

그런 까닭에 대구도시농부학교 참가자들은 이런 텃밭

이 도심 곳곳에 생겨나면 좋겠다고 입을 모은다. 도심의 공터는 물론이고 관공서 건물 옥상, 아파트 옥상에도 무게가 덜 나가는 흙을 얹어 농사를 짓고, 저녁 퇴근길에는 옥상에 들러 채소를 수확해서 집으로 돌아가는 '행복한 저녁'을 만들고 싶어 한다.

육체에는 땀이 필요하고
`` ` ` ` ` ` ` ` ` ` ``
영혼에는 감동이 필요하다
`` ` ` ` ` ` ` ` ` ` ``

고향 마을에 살던 시절, 돼지고기가 저녁밥상에 올라오는다는 것은 우리 마을 어느 집의 돼지, 내가 생김새를 아는 돼지가 삶을 끝내는 날이었다. 까닭에 우리 식구들이 저녁 밥상에 둘러앉아 돼지고기를 먹는 날은 그렇고 그런 하루가 아니었다. 한 생명이 생을 마감하고, 여러 어른이 돼지를 잡느라 수고를 아끼지 않는 날이었고, 아침저녁으로 죽을 나르며 돼지를 기르던 한 소년이 울음을 터뜨리는 날이었고, 우리 어머니가 돼지고기를 얻는 대신 다른 무엇을 건네주어야 했고, 돼지고기 국을 끓이기 위해 형이나 나 둘 중 한 사람은 동네 어귀에 있는 우리 밭으로 가서 대파를 뽑아 와야 하는 날이었다.

더운 여름날, 시원한 잔치국수를 먹기 위해 형은 마을

가운데 있는 우물가로 가서 찬물을 길어 오고, 나는 우리 집 뒤에 있는 고추밭으로 가서 매운 고추를 골라서 따 와야 했던 것처럼 말이다.

대량생산 대량소비 사회, 전문화 분업화 사회에서 소비자는 생산자의 수고에 대한 감사함, 희생물에 대한 미안함을 갖지 않는다. 어떤 제품이나 고기를 얻는 데 필요한 적정량을 화폐로 지불했기 때문에 다른 감정을 개입시킬 필요도 없어졌다. 낭만, 감사, 사랑의 감정은 자연스럽게 도태됐다.

생산자 역시 소비자와 직접 대면하지 않게 됨에 따라 오직 좋은 제품을 생산하기만 하면 그만인 현상이 발생했다. 생산자들은 대규모로 밭을 조성하고 기계를 마구잡이로 끌어들였으며, 제초제와 살충제를 아낌없이 투여한다. 최종 결과만 드러날 뿐 생산과정은 철저하게 익명화되거나 가려진다. 그렇게 되자 식품의 안전성은 위협받고, 이웃의 안부는 뒷전으로 밀려났다. 현대인은 돈을 지불하기만 하면 무엇이든 구매할 수 있게 되었다.

새로 구입하는 자동차나 식탁에 오른 돼지고기는 단순한 생산물, 돈을 지불하기만 하면 언제든 얻을 수 있는 물품에 불과하다. 거기에 어떤 인간적인 감정이 끼어들 여지는 없다. 긍정적인 감정들이 사라진 자리에는 고독, 분노, 불신이 자리를 잡았다.

작은 텃밭을 가꾸기 시작하면 삶이 이전과 많이 달라지는 것을 느낄 수 있다. 밥상 위에는 건강하고 깨끗한 채소가 넘치고, 가족 간에는 대화가 늘어난다. 인사조차 주고받지 않던 이웃과 안부를 묻고 음식을 나눠 먹기도 한다. 텃밭 수확물을 나눠 먹는 가까운 친구들과는 자신이 만든 반찬 사진을 주고받기도 한다. 손바닥만 한 밭에서 채소를 재배할 뿐인데, 건강을 지키고, 환경을 지키고, 이웃과 인사를 나누는 나를 발견하게 된다.

수익 극대화가 목표인 전업농부에게 '농사가 잘됐다'는 말은 농사를 잘 지어 시장에 내다 팔았더니 수입이 많이 발생했다는 의미다. 농사를 잘 지어 풍년을 맞이했지만 그 때문에 농산물 가격이 폭락했다면 만족할 수 없다. 까닭에 전업농부에게 '농사가 잘된 것'과 '만족할 만한 결과'는 별개일 수 있다. 그러나 텃밭농부에게 '농사가 잘된 것'과 '만족할 만한 결과'는 언제나 일치한다. 일 자체가 목적인 경우와 일이 수단인 경우의 차이점 때문이다.

전업농부의 농작업은 물론이고 거의 모든 근로자의 노동행위는 '시간당 수익'으로 나타난다. 시간당 수익을 높이기 위해 모든 분야에서 가장 효율적인 방식을 찾아내기 위해 고군분투한다. 산업혁명 이후 생산현장에서 효율성은 점점 더 높아졌고, 사람은 시간이 지날수록 과거보다 적은 시간을 노동에 투자하고 더 많은 수익을 창출한다. 그러나 높아진 생산성이 언제나 사람의 행복도와 만족도를 높이는 것은 아니다.

노동이 단순히 생산을 위한 수단일 때, 그 가치는 얼마나 효율적으로 얼마나 성과를 많이 냈느냐에 따라 달라진다. 더 적은 비용, 더 적은 노동, 더 적은 고민으로 더 많이 생산할수록 높은 평가를 받는다. 이때 인간의 노동행위는 기계 부속품의 작동처럼 기능적으로 평가받는다.

오직 생산성과 이윤을 목표로 하는 노동은 그저 노동일 뿐이고, 그 과정에서 삶은 소진된다. 효율성이 높아지는 만큼 노동현장에서의 삶은 피폐해졌다고 할 수 있다.

그러나 텃밭 가꾸기 자체가 목표일 때 노동은 '노동인 동시에 여가'가 되고, 그 과정은 삶을 풍요롭게 한다.

도심에서 텃밭농사를 짓는 사람 320명을 대상으로 내가 설문조사한 결과에 따르면, '텃밭을 가꾸기 시작한 뒤로 생활이 더 즐거워졌다'는 응답이 100퍼센트에 가까웠다. 오직 한 사람만이 '예나 지금이나 비슷하다'고 답했을 뿐이다. 물론 이 조사는 텃밭농사를 현재 짓고 있는 사람을 대상으로 한 것이고, 텃밭농사를 짓다가 힘들어 중도에 포기한 사람이 포함돼 있지 않기 때문에 텃밭 가꾸기를 모두 즐긴다는 뜻은 아니다.

돈벌이만을 목표로 살아간다면 돈을 벌지 못하는 순간이나 퇴직해서 업무에서 손을 떼는 순간 불행이 시작될 수 있다. 어쩌면 직장생활을 하는 동안에도 남들보다 돈을 적게 번다는 사실에 하루하루가 불행할 수도 있다.

　　좋아하는 일이 없다면, 먹고살기 위해서 수행하던 일을 손에서 놓는 순간 모든 것을 잃었다는 상실감에 빠질 수도 있다. 좋아하는 일이 있다면, 삶은 언제든 어디서든 행복할 수 있고 발전할 수 있다.

　　좋아하는 일은 꼭 텃밭 가꾸기가 아니어도 된다. 자신이 진실로 좋아하는 일이라면 무엇이든 만족감을 가져다 줄 수 있다. 느린 속도로 책을 읽고 그 책에 대한 서평을 씀으로써 평안과 만족을 느끼는 사람도 있고, 퇴근 후에 동호인들과 색소폰을 불며 음악인생을 즐기는 사람도 있다. 한 곡 두 곡 연습한 곡으로 마을 복지회관에서 공연을 열어 학생들과 노인들을 기쁘게 해 주는 사람도 있다. 젊은 시절 치열하게 사는 동안 배운 지식과 경험을 후세에게 전달하는 재능기부 활동으로도 삶의 만족을 견인할 수 있다. 나이 70세가 넘어 연극에 도전해 멋진 삶을 꾸려가는 사람도 있다. 돈벌이와 무관하게 의미를 찾을 수 있는 일이라면 무엇이든 좋다. 가능하면 나 혼자 즐거운 일보다는 가족, 이웃과 무엇을 나눌 수 있는 일이면 만족도는 더 높아질 것이다.

텃밭을 가꾸기 시작한 이래 상상하는 기회가 많아졌다는 사람은 나뿐만이 아니다. 2015년, 2016년 도시에서 텃밭을 가꾸는 사람들을 대상으로 한 설문조사 결과, 69퍼센트가 텃밭과 관련해서 앞으로 할 일, 텃밭농사 계획, 요리나 나눔, 이웃과의 만남 등에 대해 자주 상상을 한다고 답했다. 29퍼센트는 그런 상상을 한 적이 없다고 답했다.

설문조사에 응한 사람 중 64퍼센트가 텃밭 가꾸기에 필요한 농기구를 직접 수리하거나 보완하고 만든 적이 있다고 답했다. 텃밭을 가꾸지 않았더라면 결코 농기구를 직접 만들거나 수리하지는 않았을 것이다. 텃밭이 아니라 최대 생산과 최대 이윤을 목표로 대규모로 농사를 짓는 경우에도 어설픈 솜씨나 상상력을 동원해 농기구를 수리하거나 만들지는 않을 것이다.

육체에는 땀이 필요하고 영혼에는 감동이 필요하다고 한다. 근육에 충격을 줌으로써 근육의 크기를 키우고 힘을 기르듯이 영혼에 충격(감동)을 주어 영혼의 크기를 키울 수 있다. 다채로운 상상은 삶을 풍요롭게 한다.

소농의 공부

: 소설가 농부가 텃밭에서 배운 작고 서툰 손의 힘

2017년 10월 14일 초판 1쇄 발행

지은이
조두진

펴낸이	**펴낸곳**	**등록**
조성웅	도서출판 유유	제406-2010-000032호(2010년 4월 2일)

주소
경기도 파주시 책향기로 337, 308-403 (우편번호 10884)

전화	**팩스**	**홈페이지**	**전자우편**
070-8701-4800	0303-3444-4645	uupress.co.kr	uupress@gmail.com

페이스북	**트위터**	**인스타그램**
www.facebook .com/uupress	www.twitter .com/uu_press	www.instagram .com/uupress

편집	**영업**	**디자인**
이효선	이은정	이기준

제작	**인쇄**	**제책**
제이오	(주)민언프린텍	(주)정문바인텍

ISBN 979-11-85152-71-4 03810

이 도서의 국립중앙도서관 출판예정도서목록(CIP)은 서지정보유통지원시스템
홈페이지(seoji.nl.go.kr)와 국가자료공동목록시스템(www.nl.go.kr/kolisnet)에서
이용하실 수 있습니다.(CIP제어번호: CIP2017024988)

1 **단단한 공부** 윌리엄 암스트롱 지음. 윤지산 윤태준 옮김 12,000원

2 **삼국지를 읽다** 여사면 지음. 정병윤 옮김 13,000원

3 **내가 사랑한 여자** 공선옥 김미월 지음 12,000원

4 **위로하는 정신** 슈테판 츠바이크 지음. 안인희 옮김 10,000원

5 **야만의 시대, 지식인의 길** 류창 지음. 이영구 외 옮김 16,000원

6 **열린 인문학 강의** 윌리엄 앨런 닐슨 엮음. 김영범 옮김 16,000원

7 **중국, 묻고 답하다** 제프리 와서스트롬 지음. 박민호 옮김 15,000원

8 **공부하는 삶** 앙토냉 질베르 세르티양주 지음. 이재만 옮김 15,000원

9 **부모 인문학** 리 보틴스 지음. 김영선 옮김 15,000원

10 **인문세계지도** 댄 스미스 지음. 이재만 옮김 18,500원

11 **동양의 생각지도** 릴리 애덤스 벡 지음. 윤태준 옮김 18,000원

12 **명문가의 격** 홍순도 지음 15,000원

13 **종의 기원을 읽다** 양자오 지음. 류방승 옮김 12,000원

14 **꿈의 해석을 읽다** 양자오 지음. 문현선 옮김 12,000원

15 **1일1구** 김영수 지음 18,000원

16 **공부책** 조지 스웨인 지음. 윤태준 옮김 9,000원

17 **번역자를 위한 우리말 공부** 이강룡 지음 12,000원

18 **평생공부 가이드** 모티머 애들러 지음. 이재만 옮김 14,000원

19 **엔지니어의 인문학 수업** 새뮤얼 플러먼 지음. 김명남 옮김 16,000원

20 **공부하는 엄마들** 김혜은 홍미영 강은미 지음 12,000원

21 **같이의 가치를 짓다** 김정현 외 지음 15,000원

22 **자본론을 읽다** 양자오 지음. 김태성 옮김 12,000원

23 **단단한 독서** 에밀 파게 지음. 최성웅 옮김 12,000원

24 **사기를 읽다** 김영수 지음 12,000원

25 **하루 한자공부** 이인호 지음 16,000원

26 **고양이의 서재** 장샤오위안 지음. 이경민 옮김 12,000원

27 **단단한 과학 공부** 류중랑 지음. 김택규 옮김 12,000원

28 **공부해서 남 주다** 대니얼 플린 지음. 윤태준 옮김 12,000원

29 **동사의 맛** 김정선 지음 12,000원

30 **단단한 사회 공부** 류중랑 지음. 문현선 옮김 12,000원

31 **논어를 읽다** 양자오 지음. 김택규 옮김 10,000원

32 **노자를 읽다** 양자오 지음. 정병윤 옮김 9,000원

공부

공부의 기초

공부하는 삶
배우고 익히는 사람에게 필요한 모든 지식
앙토넹 질베르 세르티양주 지음, 이재만 옮김

공부 의욕을 북돋는 잠언서. 프랑스는
물론이고 영미권에서는 지금까지도
이 책을 공부의 길잡이로 삼아 귀중한
영감과 통찰력, 용기를 얻었다고
고백하는 독자가 적지 않다.
지성인의 정신 자세와 조건, 방법에
대해 알뜰하게 정리한 프랑스의
수도사 세르티양주는 공부가 삶의
중심이며 지성인은 공부를 위해
삶 자체를 규율해야 한다고 말한다.

공부책
하버드 학생들도 몰랐던 천재 교수의
단순한 공부 원리
조지 스웨인 지음, 윤태준 옮김

공부를 지식의 암기가 아닌 지식의
활용이라는 관점에서 보고 그런
공부를 하도록 안내하는 책. 학생의
자주성만큼이나 선생의 역할이
중요함을 강조한 저자는 이 책에서
기본적으로 선생과 학생이 있는
교육을 중심에 두고 공부법을
설명한다. 단순하고 표준적인 방법을
확고하고 분명한 어조로 말한
책으로, 그저 지식만 습득하는 공부가
아닌 삶의 기초와 기조를 든든하게
챙길 공부를 원하는 사람이라면
일독해야 할 책이다.

평생공부 가이드
브리태니커 편집장이 완성한 교양인의
평생학습 지도
모티머 애들러 지음, 이재만 옮김

인간의 학식 전반을 개관하는
종합적 교양인이 되기를 원하며
거기에서 지혜를 얻으려는 사람을
위한 안내서. 미국의 저명한
철학자이자 전설적인 브리태니커
편집장이었던 저자는 평생공부의
개념마저 한 단계 뛰어넘어,
인간으로서 이룰 수 있는 수준 높은
교양의 경지인 르네상스인이
되고자 하는 이들을 위해 인류가
이제까지 쌓아 온 지식을 제대로
파악할 수 있는 지도를 완성했다.
이제 이 지도를 가지고 진정한 인문학
공부 여행을 떠나도록 하자.

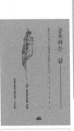

단단한 공부
내 삶의 기초를 다지는 인문학 공부법
윌리엄 암스트롱 지음, 윤지산 윤태준 옮김

듣는 법, 도구를 사용하는 법, 어휘를
늘리는 법, 생각을 정리하는 법 등
효율적인 공부법을 실속 있게
정리한 작지만 단단한 책. 원서의
제목 'Study is Hard Work'에서도
짐작되듯 편하게 익히는 공부법이
아니라 고되게 노력하여 배우는
알짜배기 공부법이므로, 이 책을
따라 익히면 공부의 기본기를 제대로
닦을 수 있다.

단단한 독서
내 삶의 기초를 다지는 근본적 읽기의 기술
에밀 파게 지음, 최성웅 옮김

KBS 'TV, 책을 보다' 방영 도서.
프랑스인이 100년간 읽어 온
독서법의 고전. 젊은 번역가가
새롭게 번역한 이 책을 통해 이제
한국 독자도 온전한 번역본으로
파게의 글을 읽을 수 있다. 프랑스는
물론이고 유럽 각국의 교양인이
지금까지도 에밀 파게의 책을
읽는 이유는 이 책에 아무리 오랜
세월이 흘러도 변치 않는 근본적인
독서의 기술이 알뜰살뜰 담겨 있기
때문이다. 파게가 말하는 독서법의
요체는 '느리게 읽기'와 '거듭 읽기'다.
파게에게 느리게 읽기는 제일의 독서
원리이며, 모든 독서에 보편적으로
적용된다.

단단한 과학 공부

내 삶의 기초를 다지는 자연과학 교양

류중랑 지음, 김택규 옮김

박학다식한 노학자가 과학의 다양한
분야를 이해하기 쉽게 설명한 안내서.
작게는 우리 몸 세포의 움직임이
우리의 마음에 어떻게 반응하는지부터
크게는 저 우주의 은하와 별의
거리까지, 우리를 둘러싼 세상을
과학의 눈으로 바라보게 한다. 곳곳에
스며든 인간적 시선과 통찰, 유머가
읽는 즐거움을 더한다.

단단한 사회 공부

내 삶의 기초를 다지는 사회과학 교양

류중랑 지음, 문현선 옮김

우리가 상식으로 알고 있는 사회
현상을 근본부터 다시 짚어 보게
하는 책. 일상생활에서 자주 접하는
일화들을 알기 쉽게 설명해 과거와
현재 그리고 미래에 일어났고
일어나고 있고 일어날 일을 스스로
생각하고 판단하게 한다. 역사의
흐름을 한 축으로, 이성을 기반으로
하는 과학 정신을 다른 한 축으로 하는
이 책은 사회를 보는 안목을 높인다.

공부하는 사람 시리즈

공부하는 엄마들

인문학 초보 주부들을 위한 공부 길잡이

김혜은, 홍미영, 강은미 지음

공부하고 싶지만 어떻게 하면 좋을지
알지 못하는 엄마들 그리고 모든 이를
위한 책. 인문 공동체에 용감하게
뛰어들어 처음부터 하나하나 시작한
세 주부의 글로 꾸며졌다. 자신의
이야기부터 비슷한 경험을 하고
있는 다른 주부와 나눈 대화, 여기에
도움이 될 만한 도서 목록, 공부하는
사람과 함께할 수 있는 인문학
공동체의 목록까지 책 말미에 더해
알차게 담아냈다.

번역자를 위한 우리말 공부
한국어를 잘 이해하고 제대로 표현하는 법
이강룡 지음

외국어 실력을 키우는 번역 교재가
아니라 좋은 글을 판별하고 훌륭한
한국어 표현을 구사하는 태도를 길러
주는 문장 교재. 기술 문서만 다루다
보니 한국어 어휘 선택이나 문장
감각이 무뎌진 것 같다고 느끼는 현직
번역자, 외국어 구사 능력에 비해
한국어 표현력이 부족하다 여기는
통역사, 이제 막 번역이라는 세계에
발을 디딘 초보 번역자 그리고 수많은
번역서를 검토하고 원고의 질을
판단해야 하는 외서 편집자가 이 책의
독자다.

동사의 맛
교정의 숙수가 알뜰살뜰 차려 낸 우리말
움직씨 밥상
김정선 지음

20년 넘도록 문장을 만져 온 전문
교정자의 우리말 동사 설명서.
헷갈리는 동사를 짝지어 고운 말과
깊은 사고로 풀어내고 거기에 다시
이야기를 더해 재미있게 읽을 수
있도록 했다. 일반 독자라면 책 속
이야기를 통해 즐겁게 동사를 익힐
수 있을 것이고, 우리말을 다루는
사람이라면 사전처럼 요긴하게 쓸 수
있을 것이다.

내 문장이 그렇게 이상한가요?
내가 쓴 글, 내가 다듬는 법
김정선 지음

어색한 문장을 살짝만 다듬어도 글이
훨씬 보기 좋고 우리말다운 문장이
되는 비결이 있다. 20년 넘도록 단행본
교정 교열 작업을 해 온 저자 김정선이
그 비결을 공개한다. 저자는 자신이
오래도록 작업해 온 숱한 원고들에서
공통으로 발견되는 어색한 문장의
전형을 추려서 뽑고, 문장을 이상하게
만드는 요소들을 간추린 후 어떻게
문장을 다듬어야 유려한 문장이 되는지
요령 있게 정리해 냈다.

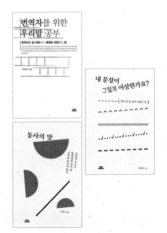

후 불어 꿀떡 먹고 껙!

처음 맛보는 의성의태어 · 이야기

장세이 지음

한국어 품사 교양서 시리즈 2권.
의성의태어를 좀 더 깊이 들여다볼 수
있도록, 상황에 따라 나누고 뜻에
따라 갈래지은 책이다. 저자는
우리가 일상에서 생활하면서
느끼는 것들을 표현한 다종다양한
의성의태어를 새롭고 발랄한 언어
감각으로 선보인다. 생동감 넘치는
의성의태어 설명과 더불어 재미난
이야기를 통해 실제 용례를 확인할 수
있다. 의성의태어 활용 사전으로도
유익하다.

만화 동사의 맛

이야기그림으로 배우고 익히는
우리말 움직씨

김영화 지음, 김정선 원작

교정의 숙수가 알뜰살뜰 차려 낸
우리말 움직씨 밥상『동사의 맛』이
만화로 재탄생했다. 헷갈리는 동사와
각 동사의 뜻풀이, 활용법 그리고
이야기로 짠 예문으로 구성된 원작을
만화라는 형식으로 가져오면서
남자와 여자의 이야기, 동사의
활용법을 네모난 칸과 말풍선 안에
펼쳐 보였다. 이 책은 그림 사전의
역할도 한다. 동사의 뜻풀이에 그림이
곁들여지면 좀 더 확실하게 개념이
파악되고 생생하게 기억에 남는다.
그림과 이야기를 따라 책장을 술술
넘기다 보면 다양한 동사의 기본과
활용 지식이 머릿속에 차곡차곡
쌓이게 될 것이다.